제주4·3, 북촌리 영자의 스케치북

이영자
1934년생으로 제주 북촌리에서 4·3을 겪었다.

김유경
제주 출생으로 제주대학교 미술학과와 동 대학교 교육대학원에서
미술교육 석사과정을 마치고 영남대학교에서 미술치료학 박사학위를 받았다.
저서로 『제주 4·3생존자의 트라우마 그리고 미술치료』(공저, 학지사, 2014)가 있다.
현재, 한국미술치료학회 미술치료 전문가이며 제주대학교에 출강하고 있다.

제주4·3, 북촌리
영자의 스케치북

2022년 4월 29일 초판 1쇄 발행

지은이 김유경·이영자
펴낸이 김영훈
편집인 김지희
디자인 나무늘보
펴낸곳 한그루
출판등록 제651-2008-000003호
제주특별자치도 제주시 복지로1길 21
전화 064 723 7580 전송 064 753 7580
전자우편 onetreebook@daum.net 누리방 onetreebook.com

ISBN 979-11-6867-027-3 (03810)

값 12,000원

제주4·3, 북촌리 **영자의 스케치북**

김유경·이영자 공저

서문

"굴은 정지하고 붙어 있었주
부엌
굴 위에는 풀이 나 있고

이건 마농
마늘
푸린 걸로 헤사 헐 거
푸른 것으로 해야 할 거
찐헌 걸로
진한 것으로
마농 뿔리는 검은 걸로
뿌리는
눌 색은 지붕 색"
낟가리

이영자의 독백이다. 그림 그리는 과정에서 기억의 색을 찾아가는 나지막한 목소리.

그녀는 어느새 크레파스와 파스텔, 색연필, 사인펜, 연필들과 벗이 되어가고 있었다. 비틀거리는 선들로 조합된 공간을 색으로 채워가는 뼈마디 굵은 손끝. 나는 역사를 보고 있었다. 숫자에 가려진 죽은 이들이 누구였는지, 그들이 어떠한 고통을 겪으면서 죽어갔는지, 희생자들의 존재가 세상 밖으로 나오고 있었다.

이영자는 제주도 동쪽 해안마을 북촌리에서 제주4·3을 겪었다. 북촌리는 4·3 피해의 주요 마을로, 1948년 12월 16일 주민 24명이 낸시빌레에서 군인들에 의해 집단 학살되었다. 그리고 1949년 1월 17일 2연대 3대대 일부 병력이 대대본부가 있는 함덕으로 가던 도중, 북촌마을 서쪽 고갯길에서 무장대의 습격을 받아 2명의 군인이 숨졌다. 이에 대한 보복으로 2연대 3대대 소속 2개 소대원들이 북촌마을을 포위하여 집집마다 불을 지르고 모든 주민들을 북촌초등학교로 집결시켰다.

북촌공립국민학교

주민들이 학교 운동장에 모이자 교단에 오른 군 현장지휘자는 민보단 책임자를 나오도록 하여 주민들이 보는 앞에서 총살했다. 이후 학교 울타리에 설치된 기관총이 난사되었고 주민들이 쓰러졌다.

주민들을 향한 총살은 운동장에서 그치지 않았다. 군인들은 주민 수십 명씩 인근 밭으로 끌고 가 다시 총살했다. 이 학살은 오후 5시경 대대장의 중지 명령이 있을 때까지 계속되었다.

이날 하루 270명(거주지 기준: 북촌리 주민 251명, 타 마을 주민 19명)이 희
1949년 1월 17일
생되었다(4·3희생자로 신고되어 인정된 2019년 12월 기준).

중지를 명령한 대대장은 주민들에게 다음 날 인근 지역 함덕으로 가도록 전하고 병력을 철수시켰다. 그러나 대대장의 말대로 함덕으로 발길을 옮긴 주민들 중 수십 명이 또다시 총살되었다. 이로 인해 북촌마을에는 대가 끊긴 집안이 적지 않다.

이 책은 이영자의 4·3 경험과 삶에 대한 기록으로 2017년 10월
1934년생 84세
8일부터 2020년 1월 18일까지(2년 3개월) 이영자가 자신의 경험에
87세
근거해 직접 그린 그림과 그 이야기를 수록한 것이다.

위 기간에 수집된 자료를 바탕으로 제주4·3 당시 북촌리에서 일어난 사건에 대해 가능한 한 상세히 기록하고자 하였다. 이를 위해 우선 주요 기억과 혼재되어 구술되는 또 다른 기억과의 시·공간을 구분하였다.

사건의 이해와 현장감을 담기 위해 시간의 흐름에 따라 당시의 생활상, 인물의 동선, 인물의 행동과 모습, 현장의 상황, 환경적 배경 등에 주안점을 두며 전개하였다.

책의 구성은 총 4부로 되어있다. 제1부는 유년에 대한 기억과 일제강점기 시대의 경험, 제2부는 해방과 제주4·3 발발 그리고 가족과 친족들의 희생, 제3부는 제주4·3 이후 생계를 위한 삶, 제4부는 그림 작업에 대한 견해를 제시하였다.

두 해가 넘는 동안 역사의 현장과 삶의 이야기를 전해주신 이영자 님께 마음 깊이 감사드립니다. 이 책을 통해 더 많은 이들이 북촌리 희생자들을 기억하고 추모할 수 있었으면 합니다.

2022년 봄

김유경

제1부
일제강점기

제2부
해방 그리고 제주4·3

"죽은 어른들 눈물로 세수허연.
세수했어
그 어른들 생각하면 눈물이 핑 허게 나지."

- 이영자 -

제주4·3 당시 북촌리에서는
400명 이상의 주민들이 희생되었습니다.

제1부

일제강점기

01 유년기

02 아동기

유년기

아버지의 목마

내가 아버지 웃둑지에 올라타서 춤을 출 때가 4살쯤이야. 아버지는 장구도 잘 때리고 소리도 좋았어.

(웃둑지: 어깻죽지)

옛날에는 걸궁하면서 가름 돌고 했지. 어른들이 머리에 고깔 쓰고 장구 때리면서 막 놀아.

(가름: 한 마을에서 작은 단위로 구분한 동네)

아버지가 장구 때리다가 나를 당신 웃둑지에 올려놓고 춤을 추면 나도 따라서 덩실덩실 춤을 추게 돼. 그래서 내가 춤을 잘 춰(하하). 학교 들어가서는 무용 좋아하고. 얇은 반지 종이로 꽃 만들어서 손가락에 끼워서 무용하고.

그때 아버지는 조선 바지저고리 입고 조끼 입고. 고깔모자는 종이에 창호지 해서 만들고.

아버지의 목마

31.0×44.0cm | 종이에 4B연필, 오일파스텔, 파스텔 | 2019. 10.

아버지가 춤을 추면

나도 따라서 덩실덩실 춤을 추게 돼

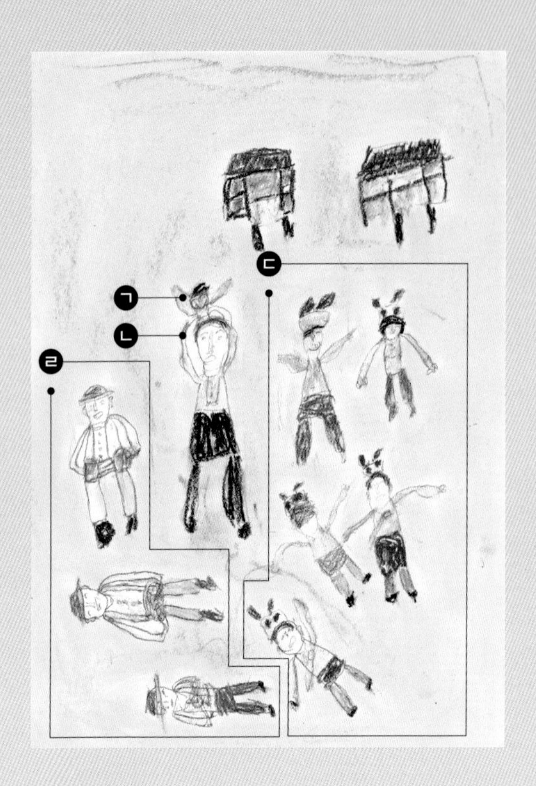

ㄱ. 이영자
ㄴ. 아버지
ㄷ. 춤추는 사람들
ㄹ. 장구 치는 사람들

정어리 굽는 냄새

옛날 아버지가 동네 사람 5명이서 동아리 만들어서 이북 청진, 어대진으로 갔어. 마을 사람들이 자주 다녔지. 그때는 왔다 갔다 할 수 있었으니까. 발동기 해서 배로. 아버지가 청진에서 올 때면 작은아버지 손잡고 마중을 가곤 했지. 내가 대여섯 살쯤에.

아버지가 청진에서 징어리(정어리) 잡고 오면 그 징어리가 어떻게 맛이 있었는지, 옛날 징어리는 고등어만씩 허여. 그걸 가멩이(가마니)에 소금 해서 놔둠서 일 년 내내 구워서 먹어나서. 징어리 구울 때면 마을에서 코소롱흔(고소한) 냄새가 나. 징어리 굽는 냄새가 말도 못 해.

아동기

바다 놀이터

아버지는 테우 타고 자리 잡으러 가기도 하고. 밭농사도 하고.
자리돔
할아버지하고 아버지가 밭농사를 많이 했어. 나는 점심 식사 갖다 드리고. 집에 와서는 날래 널고 오후에는 다시 그거 담아 놓고 물
볕을 쬐기 위하여 멍석에 널어놓은 곡식
길러 가. 그것이 내 몫이라.

어느 날은 내가 물 길러 갔다가 친구들이 바다에서 헤엄치는 거 보고 물에 들어가서 놀다 보니 마당에 날래 널어 둔 것을 잊어버린 거라. 그래서 아버지한테 매 맞은 적이 있어.

일제강점기 초등학교

그때는 한국말하는 학생들 벌 세우고 헤낫주(했었지). 노란색 띠 두른 학생이 주번생 ᄉᆞ나이덜(사나이들). 주번생은 똑똑헌 사람들로 뽑아. 우리나라말 사용하면 일본말로 하라고 하고. 공치기, 공기, 팔방 놀이, 고무줄 심으멍(잡으면서) 헤나고(했었고).

놀이하다가 주번생이 없을 때는 우리나라말로 ᄀᆞᆮ고(말하고). 주번생 오고 있다고 하면 일본말로 하고. 우리나라말로 애기하다가 걸리면 심어 가는 거라. 심어 가민 벌서는 거라.

공출

공출할 때 먹을 것이 하나 없어. 부모님이 가족들 굶을까 봐 보리를 마당질해서 ᄀᆞ스락(까끄라기) 아래 놨어. 그때 내가 2, 3학년쯤 되었을 거야. 학교 끝나고 집에 오는데 마을 어른이, 너희 집에 보리 숨긴 거 순경이 찾아냈다고 하는 거야.

이 일로 다음 날 아침 부모님이 면사무소로 갔어. 내가 오후 3, 4시쯤에 면회 갔는데 출입문에서 보니 부모님이 펼쳐 놓은 소라 껍데기 위에서 두 팔 올리고 무릎을 꿇고 있어. 그 모습 보니까 내가 막 열불이 나. 아마도 두어 시간은 벌을 섰던 것 같아. 지금도 그 장면 잊질 못해.

공출에 대한 기억

44.0×31.0cm | 종이에 4B연필, 오일파스텔, 파스텔 | 2019. 6.

ㄱ. 아버지
ㄴ. 어머니
ㄷ. 면서기
ㄹ. 소라 껍데기
ㅁ. 이영자
ㅂ. 출입문

제2부

해방 그리고 제주4·3

03 냄시빌레에서의 희생

04 붉은 폭풍

05 함덕리로 가다

06 함덕리와 북촌리를 오가며 시신을 수습하다

07 북촌리로 오다

해방 후 초등학교(북촌공립국민학교)

내가 3학년[12세] 때 해방이 되었어. 옛날엔 연령으로 학교를 안 갔으니까 서너네 살 윗사람하고 함께 공부하고 그랬지. 학교 갈 때는 보따리에 책 싸서 허리에 둘러매서 가고. 종 때리고 선생님이 들어오면 반장이 경례하고.

그때 학교 건물은 한 층. 현관 입구에 화분하고 신발장이 있었고. 짚신, 고무신들.

입구와 가까운 곳은 교무실, 먼 곳은 교실. 학생들은 위로 가고, 가운데는 선생님들 앉는 교무실. 교실에 잘 된 그림들 벽에 붙이고

당시 학교 건물 전경

36.0×25.5cm | 종이에 4B연필 | 2017. 10.

했는데 내 그림도 몇 번 붙여 나고.

채송화도 그리고 붓글씨도 써서 붙이고. ㄱ, ㄴ, ㄷ, ㄹ, ㅁ, ㅂ 여섯 글자 얇은 종이에 쓰고. 먹하고 벼루, 붓 갖고 다니면서 이녁냥(스스로)으로 벼루에 물 넣어서 갈아서 글 쓰고.

선달에 방학하고 새해 나면 초등학교를 졸업할 건데 졸업을 못 했어(제주4·3으로 1949년 2월 10일 폐교됨).

당시 학교 운동장과 내부

35.2×25.5cm | 종이에 4B연필 | 2019. 1.

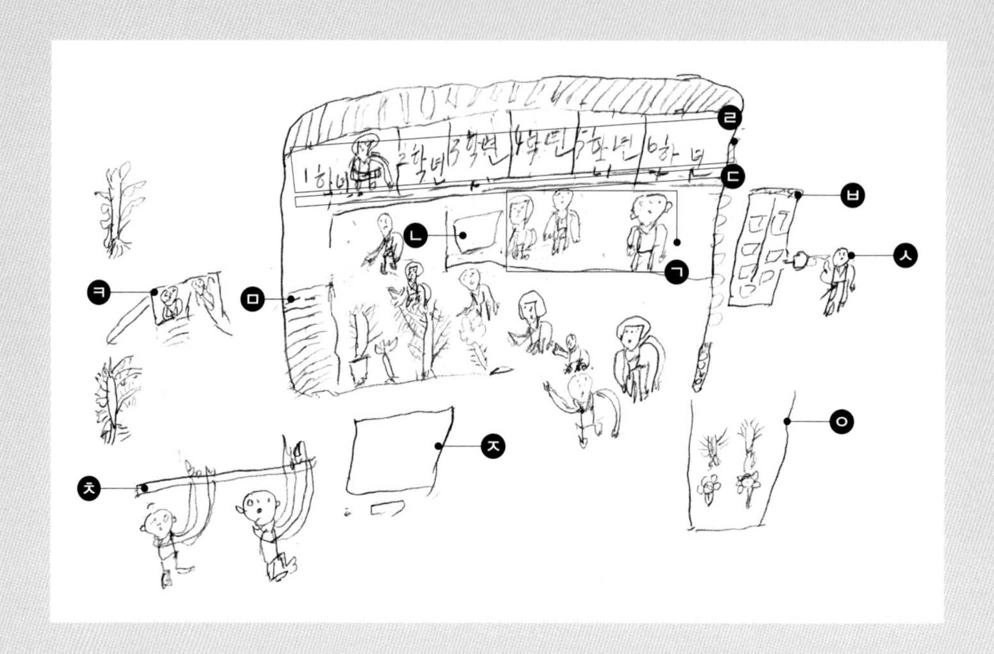

ㄱ. 교무실
ㄴ. 교무실 책상
ㄷ. 복도
ㄹ. 교실
ㅁ. 신발장
ㅂ. 화장실(당시 건물 뒤편에 있었음)
ㅅ. 텃밭에 거름을 주기 위해 인분을 푸는 사람
ㅇ. 텃밭
ㅈ. 운동장 교단
ㅊ. 철봉
ㅋ. 나무 미끄럼틀

두려운 나날

우리 집 정지 한 구석에 땅을 파 두었어. 숨는 곳으로 하려고. 어느 날 밤, 잠을 자고 있는데 대문 밖에서 문을 팡팡 두드리면서 대문을 열라고 해. 대문 열기 전에 할아버지가 아버지보고 정지 한
당시 70대 중후반 당시 50대 초반
쪽에 파 두었던 땅속에 들어가서 숨으라고 했어. 그런 다음 그 위에 방석 깔고.

대문을 여니까 군복 입은 산사람들이었어. 그때는 군인 옷차림을 해도 산사람인 줄 알거든. 군인들은 밤에 안 오니까. 그 산사람들이 할아버지한테, 아들 어디 갔소 하니까 할아버지가, 우리 아들은 오래전에 일본 가서 없다고 했어. 그러니까 산사람들이 거짓말헴젠 할아버지를 막 두들겨. 그날은 아버지가 들키지 않아
거짓말한다고
잡혀가질 않았어.

그때는 산사람이 와도 가슴 떨리고, 군인이 와도 가슴 떨리고. 가슴이 조마조마.

성담 쌓기

성담은 동문으로 해서 당팟(신당이 있는 밭) 그 안으로 해서 저 바다까지 쌓고. 또 저쪽으로는 당팟으로 해서 마을 뒤쪽으로 해서 바다까지 다 쌓아. 성담을 막 높게. 일 년은 안 돼도 대여섯 달은 쌓았을 거야. 성담 쌓다 보면 하루가 저물아.

일할 수 있는 마을 사람들은 다 쌓았어. 나도 가서 쌓고. 훍은(굵은) 돌 옮길 때는 두껍게 짠 산듸찝(밭벼짚) 방석 위에 올려놔서 등에 짊어지고 가. 그러면 어떤 어른은 입에 끈 물어서 가고, 어떤 어른은 허리에 두르고 가고. 나는 주로 허리에 끈 차서 가고. 부릴 때 끈 내버리면 돌이 탁 내려가면서 허리에 끈이

산듸찝 방석

36.0×25.4cm | 종이에 크레파스 | 2018. 8.

돌아져.

매달려

지푸라기 방석이라고도 하고, 산듸찝 방석이라고도 하고. 우리 가족 방석은 할아버지가 만들었어.

그때 성담에는 한 보초막에 4명씩 보초 서고. 또 순경들이 암호로 순찰을 돌아. 몇 시간에 한 번씩. 암호! 하면 우리도 같은 암호를 해야 해.

4·3 당시 성담

36.0×25.4cm | 종이에 오일파스텔, 사인펜, 파스텔, 콩테 | 2018. 8.

성담 둘레에 범주리가시낭을 빙 둘러
산사람들 들어오지 못허게

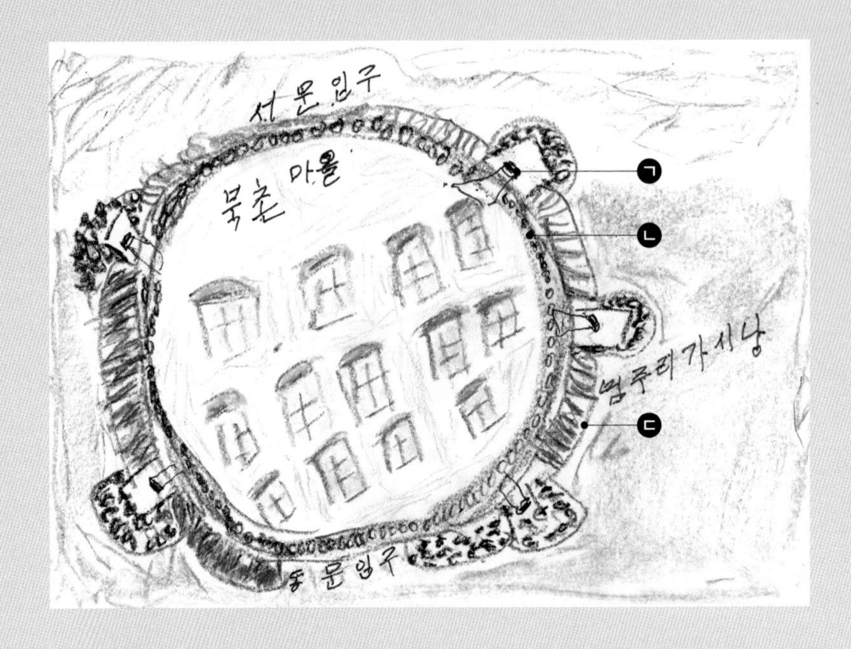

ㄱ. 보초막

ㄴ. 4·3 성담

ㄷ. 실거리나무(범주리가시낭)로 성담을 두르다

1948년 12월 16일
트럭이 지나가다

이날은 추우니까 찬바람을 막으려고 조짚으로 짠 기둥 세워 놓
1948년 12월 16일
고 집 밖에서 새끼줄을 엮고 있었어. 나는 아버지 쪽 줄 잇고, 어머니는 할아버지 쪽 줄 잇고.

그 시간에 길가 쪽을 바라보니까 트럭이 지나가. 트럭 칸에는 마을 사람들로 보이는 남자 어른들이 웅크려 있고, 군인들은 하늘을 향해 총을 번쩍번쩍 들면서 좋아라 하고.

작은아버지도 그 트럭에 타고 있었어. 오바 입고서. 우리 집이
당시 30대 초반
신작로 근처에 있어서 잘 볼 수 있었거든.

나중에 들은 얘기지만 트럭에 탔던 한 사람이 함덕 사람 빽으로 중간에 내리게 되자, 트럭에 있던 작은아버지가 그 집 쪽으로 손목시계를 훅 던지면서, 이 시계 우리 형님한테 전해주십시오 하고 애
이영자의 아버지
기했다고 해.

1948년 12월 16일 트럭이 지나가다

35.2×25.5cm | 종이에 4B연필 | 2018. 12.

줄을 엮어야 하니까 우리가 길에 있을 때야
그때 트럭이 신작로 쪽에서 오고 있었어

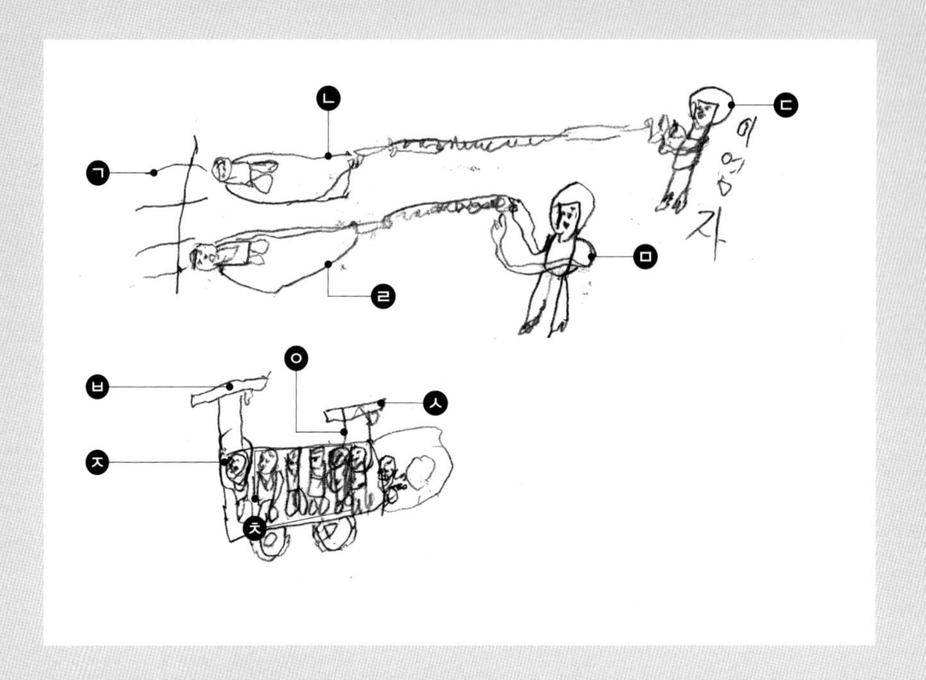

ㄱ. 조짚으로 짠 바람막이

ㄴ. 아버지

ㄷ. 이영자

ㄹ. 할아버지

ㅁ. 어머니

ㅂ, ㅅ. 총

ㅇ, ㅈ. 총을 번쩍번쩍 들고 있는 군인들

ㅊ. 트럭에 탄 마을 사람들

1948년 12월 16일
낸시빌레에서의 희생

작은아버지가 탄 트럭이 가고 얼마 지나지 않아 멀리서 총소리가 아득하게 나. 마을 사람들은 우리 집에 무슨 말을 하러 오고. 아버지는, 내 동생 죽었다며 당신의 배를 자해했어. 동생이 죽었는데 살아서 무엇하리 하면서. 그때 아버지 배에서 피가 막 나고. 이웃 사람들은 아버지 잡고서 자해 그만하라고 말리고. 총소리가 나니까 아버지는 동생이 죽은 줄로만 알았던 거야.

그러는 중에 마을 사람들이 낸시빌레 현장에서 죽은 가족들 업고 오면서, 저기 낸시빌레에 우리 작은아버지가 살아있다고 하는 거야. 그 말 듣고 아버지는 배에 피가 나면서도 피 흘리고 있다는 생각을 할 겨를도 없이 낸시빌레로 갔어.

낸시빌레에 가서 보니 사람들 고개가 옆으로 되어 있었어. 총 맞을 때 탁탁 넘어지면서 고개가 돌아간 것 같았고. 모두 뱅뱅뱅뱅 누워 있었어. 한 청년은 입구 돌담에 걸쳐져 있고. 우리 작은아버지

는 돌담 에염에 쓰러져 기절한 상태. 어른들이, 작은아버지 이가 딱
옆 혹은 가장자리 치아
붙어버리니까 윗니 아랫니를 뗄 수 없다고 했어. 그 즉시 나는 동
복리 정약국, 침놓는 할아버지 집에 약을 사러 갔지. 청심환.

나중에 들은 얘기지만 작은아버지의 이를 떼지 못하니까 현장
에서 더운 오줌을 입에 넣은 후 들체에 작은아버지를 싣고서 집으
들것
로 왔다고 해. 내가 청심환 사고 집에 왔을 때는 작은아버지가 정
신이 들어 말할 정도가 되고. 그때 우리 집에 마을 사람들이 많이
와 있었어.

작은아버지 말에 의하면, 낸시빌레에서 사격 구령이 떨어지기
전 간발의 차이로 엎드렸는데 작은아버지 등 뒤로 죽은 사람들이
엎어졌다고 해. 이때까지만 해도 작은아버지는 총상을 입지 않았
다고. 그런데 한 청년이 돌담 입구로 나가자 군인들이 그 청년 쪽
으로 총을 쏘았는데 그 총알에 다리뼈를 맞았다고 해. 밖으로 내민
다리가.

낸시빌레에서의 희생

35.2×25.5cm | 종이에 4B연필, 콩테 | 2018. 12.

ㄱ. 희생된 사람들

ㄴ. 돌담

ㄷ. 입구 돌담 위에서 희생된 청년

1949년 1월 17일
군인들이 대문을 두드리다

아침에 군인 3명이 왔어. 밖에서 대문을 팡팡 두드리니까 할아버지가 부상당한 작은아버지를 방 안 이불 쌓아두는 곳에 얼른 숨게 했어. 대문을 여니까 군인들이 잘락 담아 들더니 북촌초등학교로 가라고 막 다그쳐(갑자기 힘있게 미는).

할아버지는 작은아들이(이영자의 작은아버지) 숨어 있는 방에 군인들이 들어갈까 봐 문 앞에서 머뭇머뭇했지. 그러니까 군인이 할아버지를 총 개머리판으로 막 내리쳐. 내가 대문을 나오면서 할아버지 매 맞는 모습을 봤지. 똑바로 보려고 하면 군인들이 나를 과락과락 밀리고.

아버지, 할머니, 나, 어머니, 남동생이(1941년생) 학교로 갈 때 군인 한 명이 따라왔어. 그때 아버지는 두루마기 입고 가고. 할아버지는 우리가 학교에 도착한 후 나막신 신고 오고.

군인들이 집으로 들어오다

44.0×31.0cm | 종이에 4B연필, 크레용, 오일파스텔, 파스텔 | 2019. 6.

군인들이 우리를 내쫓으며
북촌초등학교로 가라고 했어

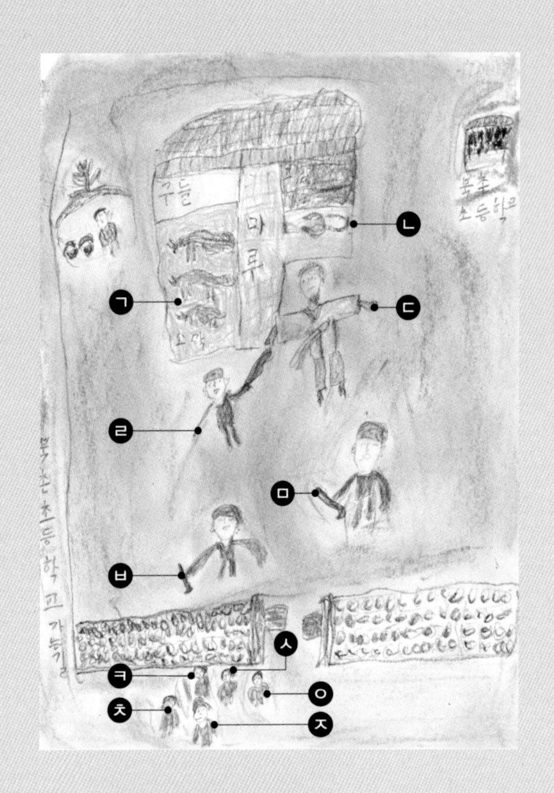

ㄱ. 소 3마리가 있는 외양간

ㄴ. 다리에 총상을 입고 방 안에 누워있는 작은아버지

ㄷ. 군인이 방 안으로 들어가지 못하도록 막는 할아버지

ㄹ, ㅁ, ㅂ. 총을 든 군인

ㅅ. 어머니

ㅇ. 남동생

ㅈ. 할머니

ㅊ. 아버지

ㅋ. 이영자

1949년 1월 17일
학교 운동장에서의 희생

학교 위쪽은 밭. 학교 정문 앞에는 신작로. 아스팔트는 아니지만 길은 좋았어. 자동차도 다니고. 차들이 많지는 않아도 트럭, 구루마(달구지)들 다니고. 겨울이니까 주변 땅에는 갈색 테역(잔디). 그날(1949년 1월 17일)은 눈이 푸들푸들 왔어.

오전에 학교 가니까 군인들이 계급 표시 있는 모자 쓰고 군복색 옷을 입고 있었어. 군인이 학교에 모인 사람들한테 앉으라고 했지. 그런 다음 민보단 책임자 나오라고 하고. 민보단 책임자가 교단 앞에 나가니까 군인이 이 책임자한테 무슨 말을 하더니 마을 사람들을 향해 돌아서라고 해. 사격! 하자, 그 책임자를 총으로 쏘았어. 그날 (학교 운동장에 모인 후) 첫 번째 죽음.

그 광경 보고 마을 사람들이 다 얼어버린 상태. 헛총이 팡팡팡팡 (당시 학교 울타리에 기관총이 설치됨). 마을 사람들이 그 총알들 피하려고 이리 갔다 저리 갔다 하고. 난 할머니 손 ᄇᆞ끈(바싹) 심엉(잡고서) 우리 어머니하고 남동생 찾으려고 이리저리 살피고.

그러다가 저쪽 멀리서 한 아기가 쓰러진 어머니의 젖가슴 위에 올라가서 젖을 먹고 있는 모습을 보게 되었어. 옛날에는 무슨 속내의가 있을까, 저고리를 입으니까 존둥이가 보여. 그 모습이 꼭 우리 어머니 같아 보였어. 머리에 흰 수건을 쓴 모습도.

잔등이

나중에야 저 멀리 동쪽에 어머니하고 남동생이 같이 있는 것을 발견하게 되었지. 그런데 무서워서 자리를 이동할 수가 없어.

그때 학교에 들어가면 입구 쪽에 철봉이 있고 미끄럼틀은 멀리 있었어. 그 미끄럼틀 근처, 서쪽 담장 바깥으로 사람들이 아기 밴 사람을 던지고 있었어. 아이고 배야, 아이고 배야 하는 임산부 끌어다가 돌담 밖으로 던져버리고. 임산부를 끌어간 사람들은 누군지 잘 모르겠어. 나도 정신이 없었으니까. 군인인지 누군지는. 또 중간중간에 죽은 사람 끌어다가 서쪽 돌담 밖으로 던지고. 시신 치우는 사람은 3, 4명 정도.

그런데 그게 끝이 아니야. 군인들이 살아남은 사람들 열 짓게 하고는 몽착몽착 끊어서 옴팡밧하고 당팟으로 가게 했어. 그때 사람들이 섞어지기도 하고 줄 서기도 하고. 내가 학교 운동장에서 우리

옴팡진 밭

할아버지하고 아버지가 옴팡밧으로 가는 것을 직접 봤어. 그때가 한 오전 10시나 11시쯤 되었을 거야.

1949년 1월 17일 학교 운동장 상황

44.0×31.0cm | 종이에 4B연필, 색연필, 오일파스텔, 파스텔, 콘테 | 2019. 1.

헛총을 이리저리 와다다다 쏘우니까

학교 운동장에 있던 사람들은

이래 화륵 저래 화륵하면서 흩어진 가족들 찾고

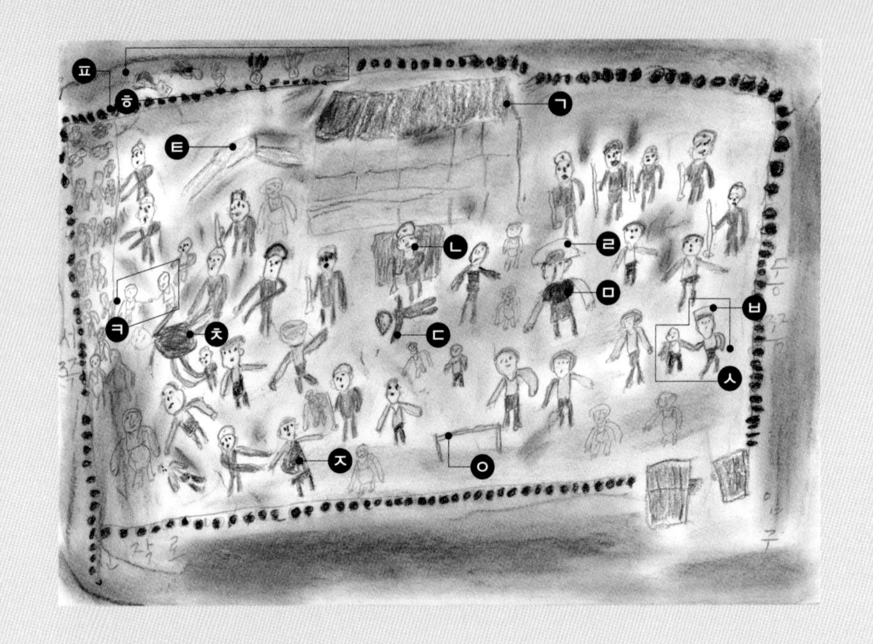

ㄱ. 학교 건물
ㄴ. 교단 위에 올라간 군인
ㄷ. 총을 맞고 쓰러진 민보단 책임자
ㄹ. 머리에 흰 수건을 쓴 아기 어머니가 총에 맞고 쓰러지다
ㅁ. 쓰러진 어머니의 젖을 먹고 있는 아기
ㅂ. 머리에 흰 수건을 쓴 이영자의 어머니
ㅅ. 이영자의 어머니와 남동생이 손을 잡고 있는 모습
ㅇ. 철봉
ㅈ, ㅊ. 임산부
ㅋ. 이영자와 할머니가 손을 잡고 있는 모습
ㅌ. 나무 미끄럼틀
ㅍ. 돌담
ㅎ. 돌담 밖으로 던져진 시신들

생과 사의 사이

마을 사람들이 보리를 갈았어. 밭에 보리가 조금씩 날 때라. 섣달 뒤니까. 보리는 푸린색. 고랑 만들어서 밭 갈고. 이 보리밭은 북촌이 불 안 탈 때.

그때는 내버린 밭도 있고, 조 베고 난 밭도 있고. 음력 10월에 보리를 갈아야 할 건디 하도 시국이 위험해노난 밭에 신경 쓸 겨를이 없었지. 지금은 길이 났지만 그때는 신작로에 흙색, 검은색 바위들이 쪽 붙어서 서 있었어.

4·3 발발 시

마을 사람들이 이 바위 앞에 있으면 군인들은 마을 사람들 심어다가 옴팡밧에 가서 죽이고. 죽이고 나와서는 또 죽이고. 그 옴팡밧은 옛날엔 보리, 유채, 깨 갈던 농사짓던 밭.

이날 군인들이 수차례에 걸쳐 마을 남자 어른들을 심어다가 옴팡밧에서 총살시켜 버리니까 우리 줄에는 여자들하고 남자아이만 있었어. 군인들이 마을 사람들 총으로 와다다다 죽여 두고 올라오는 모습 보면서 아, 우리도 갈 거로구나 하는.

1949년 1월 17일

그다음은 우리 줄이 옴팡밧에 들어갈 차례. 그러니 정신이 오락가락. 죽은 사람들 앞이고, 그곳에(옴팡밧) 데려다가 죽여 버릴 거라는 생각을 하니 할머니 손도 내버려지고. 버선발에. 살아서 무엇하리 하는 마음먹으면서 앉아 있으니까 힘이 어실어실 빠지는 거라.

그러는 중에 군인 대대장이 중지! 중지! 하면서 오는 거야. 털 북삭헌(푹신한) 옷 입고. 다리까지 오는 오바. (황토 계열의) 불그스름헌 색.

그 대대장은 옴팡밧에 사람 하영(많이) 죽은 디는 안 들어가고. 너븐숭이 옴팡밧 길가에서 중지! 중지! 소리쳤어. 이후에는 사람들보고 북촌초등학교로 가라고 하고.

그때가 오후 5시쯤. 대대장이 10분만 늦게 왔더라면 우리 줄에 있는 사람들은 죽었을 거.

그곳에서(북촌초등학교) 대대장 하는 말이, 밤중에 죽은 사람 돌아보지 말고 내일 날 밝으면 함덕으로 가라고 연설을 해.

해 질 무렵 북촌초등학교에 사람들이 모였을 때는 많지 않았어. 군인들이 죽여 버렸으니까. 그러니까 그날 살아남은 사람들은 북촌초등학교에 2번을 간 거야. 아침에 한 번, 오후에 한 번.

난, 이것이 막 그냥 머릿속에 새겨진거라. 이 모습들이 머릿속에, 오장에 새겨져부난 이 장면은 잊어버리질 못허여.

1949년 1월 17일 바위 앞에서 죽음을 기다리다

35.9×25.5cm | 종이에 사인펜, 크레용, 파스텔 | 2018. 10.

남자가 얼마 없었어

나는 어디에 있었는지 몰라

정신이 없었으니까 범벅범벅 해노난

ㄱ. 사람이 다니는 길
ㄴ. 나열된 바위
ㄷ. 죽음을 기다리는 사람들
ㄹ. 소나무
ㅁ. 옴팡밧에서 희생되는 사람들
ㅂ. 새싹 보리밭

옴팡밧에서 할아버지가 돌아가시다

그날 오후 학교에서 대대장 연설이 끝나고 집으로 가는데 신작로에서
1949년 1월 17일
할머니, 큰고모, 큰고모의 어린 자식들, 작은고모, 작은고모의 어린 자
딸1, 아들2 딸1, 아들2
식들, 우리 어머니, 나, 남동생을 만났어. 그래서 흔디 집으로 걸어갔지.
함께

이날 군인들이 집집마다 불을 붙여버리니까 우리가 집에 도착했을 때는 불 탄 열기 때문에 담벼락 쪽으로 걸어야 했어.

집에 도착하자 어머니가 첫 번째로 집 담벼락을 바락 밀리면서, 아이고! 우리 아주방(낸시빌레에서 다리 부상을 입은 시동생) 불에 타서 죽었구나 하면서 안타까워했어. 그런데 마당에 있는 작은 굴에서, 나 살아수다 하는 거야.

마당에 있던 그 굴은 천장은 낮고 물방울이 톡톡톡톡 떨어져.
게난 그 굴 안이 축축해. 벽은 더틀더틀더틀.
그러니까

사람이 들어가면 앉지는 못해도 누울 정도의 공간. 천장은 입구에서 멀어질수록 차차 낮아지고. 여름에 서노롱허게 젓갈 항아리
서느렇게
들 놔두었지. 자리젓, 멜젓 단지들.
멸치젓

굴 안에 가서 보니 작은아버지가 흰 광목에 검은색 얇은 이불을 덮고 있었어. 어난에(추우니까). 굴 천장에서 물방울도 떨어지고 하니까.

우리는 이불을 잡아당겨서 작은아버지가 나올 수 있도록 도왔지. 얼굴이 좋았던 어른인데 (1948년) 12월 16일 날 다리에 총 맞고 한 달간 누워있으니까 수염도 길어지고, 머리도 길어지고.

밤 9시경 동네 어른이, 우리 아버지가 신작로 쪽에서 걸어오고 있다고 전해 줬어. 아버지는 피 바각바각한 바지에 절뚝거리면서 걸어오고 있었지. 국방색 소게(솜) 바지에 흰 소게 저고리 입고서.

아버지는 옴팡밧에서 총을 일찍 맞고도 집에 오지를 못헌 거라. 몇 시간을 총 맞은 채 옴팡밧에 엎드려 있었던 거. 내가 아버지께, 아침에 입고 갔던 두루마기는 어떻게 했습니까 물으니, 돌아가신 할아버지 시신을 표시하려고 덮어두고 왔다고 해.

아버지는 집에 오자마자 할아버지 시신을 눕힐 들체를 만들려고 살레(찬장) 아래에 두었던 톱, 쉐시랑(쇠스랑), 골겡이(호미)를 잿더미 속에서 꺼내 들체 만들 낭(나무)을 찾으러 나갔지.

한참 뒤에 아버지가 문짝 하나하고, 느람지(이엉)하고 집줄을 가지고 왔어. 문짝은 불에 탄 절간에서 가지고 오고, 느람지하고 집줄은 절간 근처에서 가지고 왔다고 말씀을 해.

들체가 다 만들어지니까 아버지는, 할아버지를 묻어두고 와야 내가 눈을 감을 수 있다며 우리(이영자, 어머니, 큰고모)한테 할아버지 시신을 수습하러 옴팡밧으로 가야한다고 했어.

내가, 그곳에 사람들 못 다니게 합니다 하니까 아버지가, 거기 아무도 없다고 해. 그래서 밤에 어머니, 나, 큰고모, 아버지 넷이 옴팡밧으로 갔어.

옴팡밧에서의 희생

44.0×31.0cm | 종이에 4B연필, 오일파스텔, 물감, 색연필, 파스텔, 콩테 | 2019. 5.

우리 할아버지 시신은 옴팡밧 담 에염에 있었어

할아버지 가슴이 ᄃᆞᆺᄃᆞᆺ허연

따뜻했어

할아버지는 총을 배 쪽으로 맞아신디 ᄃᆞᆺᄃᆞᆺ허연

할머니는 하르방 하르방 부르고

아마도 할아버지는 숨이 있다가 못 견뎌서

돌아가셨던 것 같아

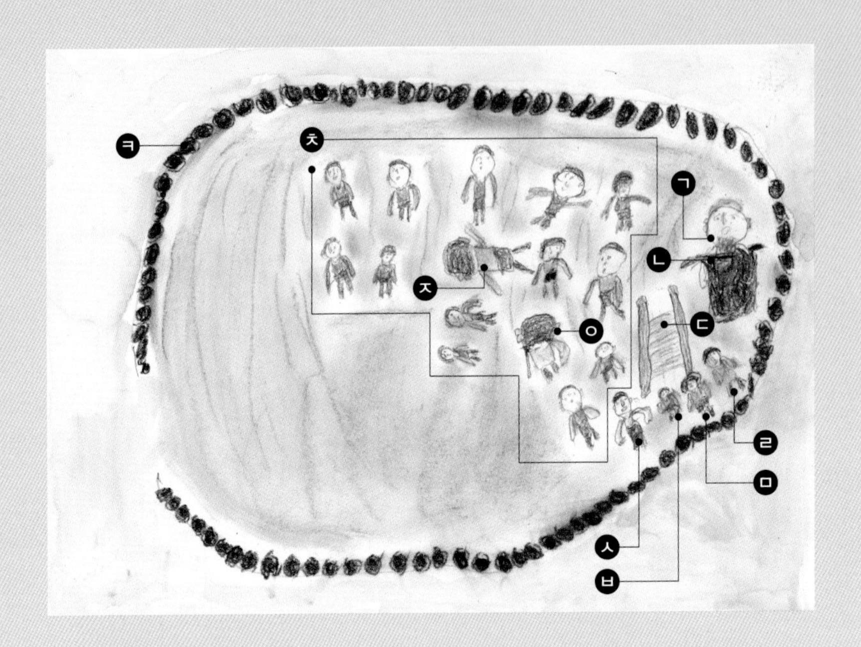

ㄱ. 할아버지 시신
ㄴ. 검정색 두루마기
ㄷ. 들것
ㄹ. 큰고모
ㅁ. 어머니
ㅂ. 이영자
ㅅ. 아버지
ㅇ, ㅈ. 엎드린 채 희생된 사람
ㅊ. 희생된 사람들
ㅋ. 돌담

할아버지 시신을 들것에 싣다

옴팡밧에 가서 보니 사람들이 죽어 있었어. 우리 할아버지는 아버지가 (아침에 입고 갔던) 흰 동정에 검은색 두루마기를 할아버지 시신 위에 덮고 오니까 어두워도 할아버지를 선하게 찾을 수 있었지.

우리는 할아버지를 덮고 있던 두루마기를 들체에 깔고 할아버지 시신을 감쌌어. 그런 다음 어머니는 들체 앞쪽에서 들고, 큰고모하고 나는 조롬(뒤)에서 들고. 가다 보니 산담(무덤 주위를 에워 두른 담)이 나왔어. 산담을 넘어야 신작로로 갈 수가 있거든. 그 산담을 넘으려고 하니 버천(힘에 부쳤어).

우리가 버쳐하니까 아버지가 막 용심(성)을 내. 그것도 버치냐고 하면서. 못마땅해하던 아버지가, 저리 비키라! 하면서 우리를 밀쳤어. 아버지는 절뚝거리면서 들체 앞쪽으로 가서 들었지. 큰고모하고 같이. 어머니와 나는 조롬에서 들고. 겨우 그 산담을 넘었어.

우린 할아버지를 집 근처 밭에 묻으려고 했는데, 땅을 판 흔적이 있으면 군인들이 식량을 비장한 것으로 봐서 땅을 팔 것 같아 성담 밖 양지바른 곳에 할아버지를 토롱했어. 글겡이, 쉐시랑으로 땅을

팠지.

그 땅속에 가멩이 깔고 할아버지 시신 눕히고, 그 위에 두루마기 덮고, 흙 덮고. 비 들어가지 말라고 ㄴ람지 두 번 덮고, 다시 흙 덮고. 시신을 수습하고 오니까 닭이 홰홰 운거라.

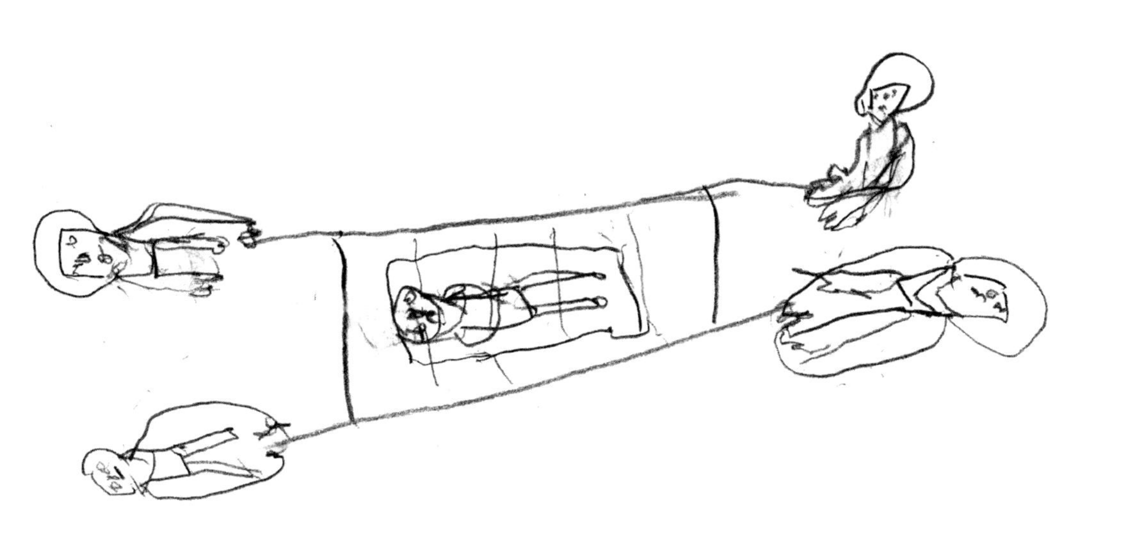

할아버지 시신을 수습하다

35.3×25.5cm | 종이에 4B연필 | 2018. 12.

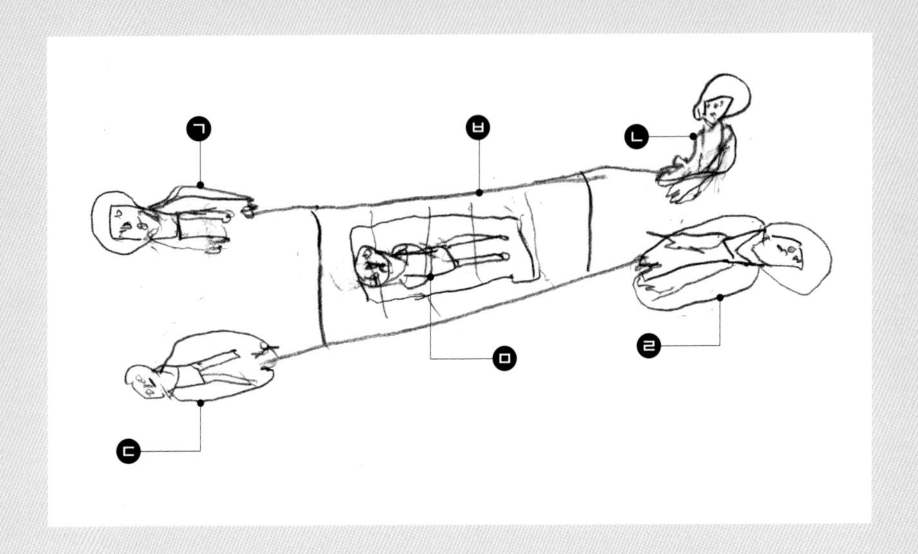

ㄱ. 큰고모
ㄴ. 이영자
ㄷ. 아버지
ㄹ. 어머니
ㅁ. 검정색 두루마기로 감싼 할아버지 시신
ㅂ. 들것

겨울 팽나무 아래서 생과 사의 경험을 나누다

할아버지 시신을 수습하고 집에 오니까 남아있던 가족과 친족들이 마당에서 불을 쬐고 있었어. 추우니까. 우리(이영자, 아버지, 어머니, 큰고모)도 장작불 옆에 앉았지.

마당에는 장항들. 장물도 놓고, 된장, 마농지(마늘장아찌), 유입(들깻잎)에 된장 묻혀서 놓는 항, 젓갈항이 있었고. 장항 앞에는 마농 심어나고. 굴 위에는 이파리 없는 커다란 팽나무. 겨울이니까.

멍석 위에는 형제(아버지, 작은아버지)가 앉고, 아들들 옆에는 할머니가 앉고. 할머니는 아들들이 살아서 오니까 너무 반가워서 그 옆에 앉은 거야.

겨울 팽나무 아래서

44.0×31.0cm | 종이에 4B연필, 오일파스텔, 파스텔 | 2019. 5.

살아온 가족들이

불을 쬐면서 이야기를 나눴어

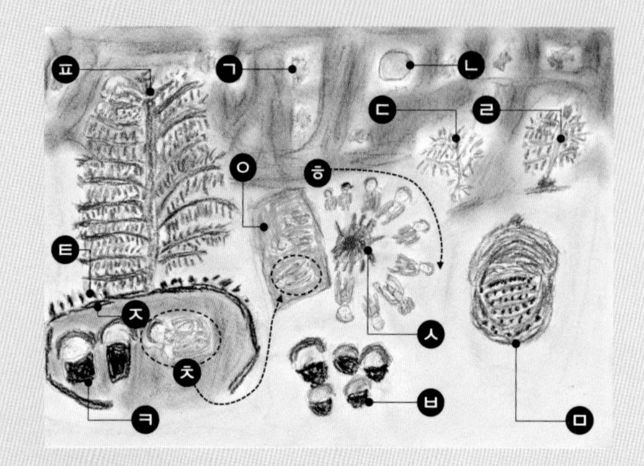

ㄱ. 별
ㄴ. 달
ㄷ. 비파나무
ㄹ. 하귤나무
ㅁ. 고구마 낟가리
ㅂ. 장항, 된장항, 된장깻잎장아찌, 마늘장아찌, 젓갈 항아리
ㅅ. 장작불
ㅇ. 멍석
ㅈ. 천장에서 물방울이 떨어지는 굴속
ㅊ. 굴속에 누워있던 작은아버지가 불을 쬐기 위해 멍석 위에 눕다
ㅋ. 젓갈 항아리
ㅌ. 굴 위에 자라난 풀
ㅍ. 겨울 팽나무
ㅎ. 시계방향으로 이영자의 남동생, 이영자, 이영자의 어머니, 큰고모의 큰아들(당시 15세 정도), 큰고모, 큰고모의 딸(당시 7세 정도), 작은어머니의 딸(당시 7세 정도), 작은어머니의 큰아들(당시 4살 정도), 작은어머니, (멍석 위에) 작은아버지, 아버지, 할머니

◎ 큰고모의 작은아들(당시 13세 정도)과 작은어머니의 막내아들(당시 2살 정도)도 함께 있었으나 그림에는 표현되지 않았다.

아버지가 옴팡밧 이야기를 하다

아버지가 옴팡밧 이야기를 했어. 아버지는 옴팡밧에서 사람들이 밀리고 밀리는 사이에 할아버지 손을 놓치게 되었다고 해. 그때 돌담 에염으로 밀려나게 되었다고. 군인이 사격! 하니까 아버지가 땅에 엎드렸는데, 이때는 총을 맞지 않고 쓰러진 사람들 밑에 있었다고 해.

그런데 아버지 옆에 있던 여자 아이가 배에 총을 맞았는지 아이고 배야, 아이고 배야 하면서 소리를 내니까 우리 아버지가 땅에 엎드린 채 작은 목소리로, 속솜허라(조용해라) 속솜허라 허는디 '팡' 하니까 선뜩헤렌. 그때 아버지가 허벅지에 총알을 맞은 거. 그 여자아이는 죽고.

여자아이의 어머니는 홀어멍(홀어머니)으로 그 딸 하나 키우면서 살다가 오라방(오빠)이 산에 올라갔다고 해서 죽여 버리고.

작은아버지가 방 안에 있을 때의 경험을 이야기하다

작은아버지는 (1949년 1월 17일 오전) 가족들이 모두 북촌초등학교로 갔을 때만 해도 방 안에 누워있었다고 해. 그날 군인이 방문을 열면서, 어떤 놈이 방 안에 누웠냐! 하니까 작은아버지가, 나는 폐병으로 누워있는 사람이니 이래도 죽을 거, 저래도 죽을 거 밖으로 나갈 수 없습니다 하고 말했다고 해.

그러니까 한 군인은 총알이 아깝다면서 나가버리고, 다른 한 군인은 빨리 방 안에서 나오라고 하면서 가버렸다고 해.

조금 있으니까 금방 나갔던 군인 중, 한 사람이 다시 와서 누워있는 작은아버지한테, 내가 이곳에 서 있을 테니 다른 군인들 못 들어오게 여기 서 있을 테니 빨리 나오라고 재촉했다고 해. 자신이 부축할 테니 빨리 나오라고.

작은아버지는 다리에 부상을 입었다고 하면 불리해질까 봐, 나는 살아봤자 별 수 없으니 내 걱정은 하지 말라고 하니까 그 군인이, 나 올레에 있을 테니 불에 타 죽지 말고 나오라고 하면서 쉐막
외양간

에 있는 소들 풀어주면서 나갔다고 해.

그 군인이 나간 후, 작은아버지는 걷지도 앉지도 못하니까 얇은 이불 뒤집어써서 몸 둥글리며 굴 쪽으로 갔다는 거야. 다리 부상이 심해서 두꺼운 이불은 못 덮으니까.

옛날에는 정지 문지방이 높으니까 작은아버지는 덮고 있던 이불을 훅 던지면서 거꾸로 박아지고 박아지고 하면서 겨우 마당에 있는 굴속까지 간 거야.

작은아버지가 마당에 있는 굴로 가다

35.2×25.5cm | 종이에 4B연필, 오일파스텔, 사인펜, 크레용, 파스텔 | 2018. 12.

한 군인이 작은아버지한테
집이 불타고 있으니 나오라고 하면서 가버리자
작은아버지가 방에서 나와네
부엌으로 들어간 다음 굴 안으로 들어갔어

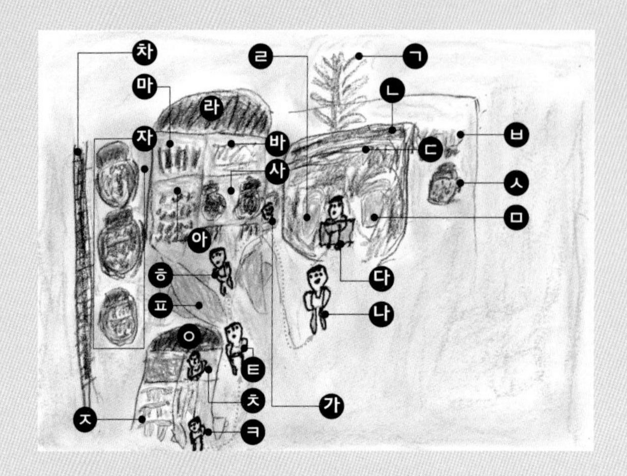

ㄱ. 겨울 팽나무

ㄴ. 굴 위에 자라난 풀

ㄷ. 천장에서 물방울이 떨어지는 굴속

ㄹ, ㅁ. 젓갈 항아리

ㅂ. 텃밭에 심은 마늘

ㅅ. 고구마 낟가리

ㅇ. 바깥채

ㅈ. 소 3마리가 있는 외양간

ㅍ. 부엌문

ㅊ, ㅋ, ㅌ, ㅎ, 가, 나, 다. 작은아버지의 이동 경로(방→부엌→굴속)

라. 안채

마. 멍석이 있는 곳

바. 농기구가 있는 곳

사. 부뚜막에 솥이 있는 부엌

아. 소똥과 보리 까끄라기가 있는 곳

자. 낟가리

차. 돌담

북촌리에서 함덕리로 가다

할아버지 묻어두고 와서 가족, 친족들과 마당에서 이야기하다 보니 아침이 되었어. 전날에 중지! 중지! 했던 대대장이 날 밝으면 1949년 1월 17일 함덕으로 가라고 하니까 우리는 함덕으로 가야 했어. 그런데 아버지하고 할머니하고 작은아버지는 북촌에 있겠다고 해.

그 말 듣고 우리는 죽더라도 아버지네하고 같이 북촌에 있겠습니다, 북촌에 있겠습니다 하니, 아버지가 우리 쪽으로 돌멩이 맞히면서, 함덕으로 빨리 가라고 해. 아이들 살리지 않는다고 하면서.

아버지는, 여기서 죽음이나 거기서 죽음이나 매한가지라며, 우리보고 함덕 가서 아이들 살리라고 막 하니까 하는 수없이 우리만 함덕으로 갔어. 가면서 난 아버지 쪽으로 돌아상 울곡, 돌아상 울곡. 돌아서서 울고 눈은 팡팡 오고.

남동생은 어머니가 업고, 작은어머니는 아이들 세 명 데리고, 큰고모도 어린 아들 둘에 딸 하나 데리고 해서 울면서 함덕에 오니까, 군인들이 주둔하고 있는 (당시 소재지의) 함덕초등학교로 사람들을
당시 대대본부가 자리함
다 몰아가는 거라. 전날 북촌에서 죽다가 남은 사람들이 이곳에 왔는데, 산사람들을 골라내는 거라. 아기 업은 사람도 골르멍 죽여분
고르면서
거라. 이때도 북촌 사람들 하영 죽어서.

아버지가 함덕리로 오다

함덕에 오니까 북촌에 있는 할머니, 작은아버지, 아버지가 걱정되어서 마음이 안 좋았어. 그런데 낮 넘어갈 때쯤, 아버지가 소구루마 해서 절뚝거리며 함덕초등학교로 오고 있는 거야. 난 아버지 모습 보니까 가슴이 다락 털어지는 거라. 총 맞았다고 하면 또 심어다가 죽여 버릴까 봐. 두 번 죽여 버릴까 봐 막 가슴이 얼랑덜랑 얼랑덜랑.

소구루마에는 부상당한 작은아버지, 우리 할머니, 동네 할머니가 타고 있었어. 신작로 쪽이 함덕초등학교로 들어가는 입구니까 군인들 보초 서고 있었고.

아버지의 소구루마가 다가오니까 어떤 사람이, 구루마는 저레 갑센허여. 그 순간 우리가 안심하게 되었지. 구루마에 탔던 동
저리로 가라고 해
네 할머니는 아들 찾아가고.

군인들이 함덕초등학교에서 산사람들 골라낸 후에는 남은 사람들보고 친족 집에 가라고 해. 우리는 친족이 없으니까 함덕 집단수용소에 있었지. 남자들이 하영 죽어 버리니까 아이들이 많았어.

고마운 이웃,
좁쌀죽 먹고 눈뜨다

우리 집 바로 위쪽에 살던 이웃이 함덕 집단수용소에 있었어. 그 집 할머니가 함덕에 살고 있어서 그 가족들 음식 갖다 주면서 우리 몫까지 허벅에 좁쌀죽을 쒀서 온 거라. 물구덕에 허벅 놓고 사발도 가지고 해서. 게난 죽을 큰 사발로 한 그릇씩 주니까 정말로, 그거 먹고 눈떴어.

난 지금도 그분 덕을 잊질 못해. 그 할마님 정말 너무너무 고맙고 죽 한 사발이 얼마나 큰 건지 몰라.

함덕1구 집단수용소

35.2×25.5cm | 종이에 4B연필, 오일파스텔, 크레용 | 2018. 11.

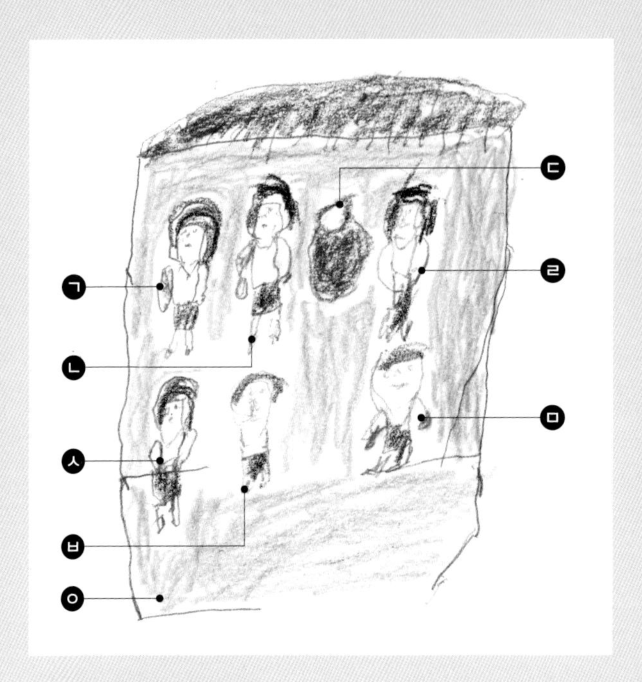

ㄱ. 작은어머니의 딸
ㄴ. 어머니
ㄷ. 좁쌀죽이 담긴 허벅
ㄹ. 이영자
ㅁ. 할머니
ㅂ. 이영자의 남동생
ㅅ. 작은어머니의 딸
ㅇ. 함덕1구 집단수용소
◎ 좁쌀죽을 먹을 당시 아버지는 함덕초등학교에, 큰고모와 큰고모의 자녀 3명은 함덕 친척 집으로 갔기 때문에 함께 하지 못했다.

함덕리에서 방을 얻다

4·3 전에 일본에서 우리 아버지하고 장사했던 아버지 친구분이 함덕에 살았어. 그분이 우리 아버지보고 오라고 해서 조그마한 구들 하나를 빌려줬지. 이곳에서 할머니, 아버지, 작은아버지, 우리 어머니, 나, 우리 남동생, 작은어머니, 작은어머니의 아이들 세 명이 한 구들에 살았어. 큰고모하고 큰고모 아이 세 명은 신랑쪽 궨당(친척)네 집에 가고.

한 사흘쯤 사니까 함덕에 사는 우리 할아버지 누님의 외손지가 찾아왔어. 그래서 작은아버지 식구들은 할아버지 누님 외손지네 집에 가서 살고. 할머니는 함덕에 온 지 두 달 만에 김녕에 사는 작은고모네 집에 가서 살고.

아버지를 간호하다

한 어른이 아버지의 허벅지를 소독하라고 아까쟁끼, 약솜, 붕다리에 다이징가루를 해다 줬어. 소독하려고 아버지 상처를 보니 왼쪽, 오른쪽 허벅지에 각각 총알 한 발씩을 맞은 거라. 들어가는 구멍은 작고 나오는 구멍은 크고. 총구멍이 네 밧디.
네 군데

상처 소독할 때 쇠줄에 약솜 팽팽팽팽 감아서 소독하면 거품이 부각부각. 새 솜으로 그거 다 닦아내고 아까쟁끼 바르고 다이징가루 톡톡톡톡 해서 붕대로 감고.

집에서 아버지의 허벅지 상처를 소독해도 낫지 않고 점점 썩어가. 그래서 그해 2월쯤에 십자병원에 갔어. 입원한 지 한 20일쯤 되
1949년
니까 새살이 돋기 시작했지.

아버지가 십자병원에 있을 때 작은아버지는 나사로 병원에 입원하고. 두 형제가 같은 시기에 각각 다른 병원에 입원을 한 거라.

나는 우리 아버지 간호하고, 큰고모는 작은아버지 간호하고. 작은어머니가 아이들 3명을 돌봐야 하니까 작은아버지 간호를 못 했거든. 우리 어머니는 집안일하면서 할머니하고 남동생 돌보고.

아버지를 간호하다

28.8×25.5cm | 종이에 사인펜 | 2018. 8.

ㄱ. 아버지
ㄴ. 이영자
ㄷ. 붕대
ㄹ. 약솜
ㅁ. 다이징가루
ㅂ. 아까쟁끼
ㅅ. 쇠줄
ㅇ. 약솜
ㅈ. 허벅지를 관통한 총알 자국 네 군데
ㅊ. 이불과 베개

멸치젓 장사

김녕에서 멜젓 만들어서 파는 아버지 친구분이 나에게 멜젓 장사를 한번 해보라고 했어. 함덕에 가니까 먹을 것이 없어서 멜젓 장사를 하게 되었던 거야.

장사 갈 때는 그분 창고에 가서 구덕에 멜젓 항아리 두 동이 놓고 함덕까지 짊어지고 와. 그러면 한 동이는 함덕에 놔두고 한 동이는 짊어지고 시내 동문시장 산짓물러레(산짓물로) 가. 두 동이는 무거우니까.

함덕에서 아침 8시경에 걸어가면 동문시장까지 서너 시간은 걸려. 가는 도중에 서너네 번은 가멍가멍 쉬고.

동문시장 사람들이 산짓물까지 줄줄이 앉아서 숭키(푸성귀), 해물, 미역들 팔고. 나는 그때 신작로 옆에 앉아서 멜젓 팔고.

그때는 비닐이 없으니까 멜젓 사는 사람들이 그릇을 가지고 와. 그러면 그 그릇에 담아 주고. 오후 1시나 2시쯤, 하여튼 오후 2시까지는 거의 다 팔리고.

멜젓 다 팔면 산지 팡돌에 앉아서 항아리 씻고, 구덕 씻고, 보따
넓적한 큰 돌
리 빨고, 낯 씻고.

갈아입을 옷은 아버지가 입원한 병원에 항상 놔두고 다녔으니까 병원에 와서 입고. 함덕에 살면서 시작한 멜젓 장사는 한 1년 정도 했어.

멸치젓 장사

35.2×25.5cm | 종이에 사인펜, 오일파스텔, 파스텔, 크레용 | 2018. 11.

ㄱ. 생선 파는 아주머니
ㄴ. 멸치젓 파는 이영자
ㄷ. 멸치젓 파는 친구
ㄹ. 생선
ㅁ. 정박선
ㅂ. 팡돌

병원비

우리 집에 소가 세 마리 있었어. 집이 불타면서 두 마리는 간 곳 모르고, 한 마리만 남아 있었어. 그 한 마리가 아버지가 함덕에 올 때 작은아버지, 할머니, 동네 할머니를 구루마에 태워서 온 소야.

병원비 마련하려고 그 소를 팔러 갔더니 마을 어른이, 도살장에 가기가 아까운 소 라며 함덕 사람한테 팔아줬어. 소 판 돈하고 멜젓 장사하면서 번 돈으로 아버지, 작은아버지 병원비하고 쌀 사고. 그 무렵에 ᄒᆞ끔 먹는 것도 풀리고.

조금

주정공장 수용소 사람들

산짓물 신작로 옆에 앉아서 멜젓 팔고 있으면, 주정공장(동척회사)에 수용된 사람들이 하루에 한 번씩 낮 11시나 12시쯤에 물을 먹으러 내려와. 주정공장에서 나온 사람들 옆에는 총 멘 군인들 딱딱 서서 걷고. 탈출할까 봐.

사람들 줄이 막 길어. 그 사람들 시장에서 부두까지 내려오난 줄줄이. 군인들이 주정공장에서 나온 사람들한테 명령 내리면 그 몇 분 안에 물도 먹고, 낯도 씻고, 머리들 감고. 어떤 사람은 펭(병)에 물 질엉 가곡. 뒤에는 군인들이 딱 서. 길가 에염에. 어디 가지 못허게. 내가 이 상황을 멜젓 팔면서 봤지.

그때 주정공장에서 나온 동네 여자 어른이, 영자야 나 멜젓 ᄒᆞ끔 주라. 나 북촌 가면 자리(돔) 주마했지. 내가 그분한테 멜젓을 두세 번 주었던 기억이 있어. 이후에 그분이 자주 말했어.

주정공장에 있을 때 영자가 준 멜젓으로 밥 잘 먹었다고.

물 마시러 나온 주정공장 수용소 사람들

35.2×25.5cm | 종이에 4B연필, 오일파스텔, 색연필, 파스텔 | 2019. 6.

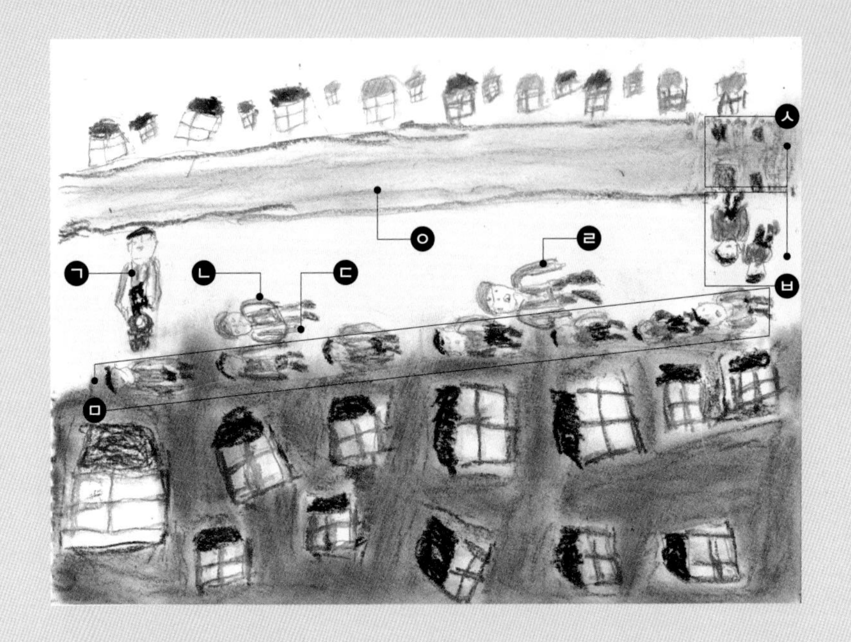

ㄱ. 멸치젓 파는 이영자
ㄴ, ㄹ. 군인
ㄷ. 총
ㅁ, ㅂ. 물 마시러 나온 주정공장 수용소 사람들
ㅅ. 팡돌
ㅇ. 산짓물

함덕리와 북촌리를 오가며 시신을 수습하다

옴팡밧 주변 소낭밧 빌레, 친족들의 희생

함덕에 있는 동안은 북촌에 마음대로 가질 못했어. 명령이 내려와사. 그렇지 않으면 못 가고. 누가 명령했는지 모르지만 함덕에 간지 서 넉 달쯤 되었을 때 북촌에 가서 시신을 수습하라고 했어. 아마 봄이었을 거야.

친족들이 죽었다는 소문 듣고 우리가 첫 번째로 간 곳이 옴팡밧. 그 옴팡밧 위 소낭밧 빌레에 큰할아버지의 며느리, 큰할아버지 며
소나무밭 지면 또는 땅에 넓적하고 평평하게 묻힌 돌
느리의 20대 아들, 남자아이 그리고 셋할아버지의 손지 각시와 그
둘째 할아버지
아기 시신이 있었지.

큰할아버지 며느리의 배설은 오물락허게 나와 있었어. 배설은 크지도 안 허여. 오래난 퍼렁허고 어루륵 어루륵허여. 나온 배설 색깔이. 장갑도 안 끼고 그거 내 손에 담아서 배 속에 꾹꾹 넣었어. 그

래야 둘체에 시신 옮겨서 묻을 거니까.

아기 시신 옆에는 기저귀들이 있었는데, 우리 아주망은 보이지
아기 어머니: 둘째 할아버지 손자의 아내
않았어. 그래서 우리가 이리저리 찾아 다녔지.

내가 동네를 돌면서 우리 아주망 없어졌다고 소리치면서 다니다 보니 우리 귀에, (1949년 1월 17일경) 어떤 한 여인이 길을 묻길래 북촌초등학교 근처로 보낸 적이 있다는 말을 듣게 되었어. 그 말 듣고 내가 학교 근처를 막 찾아 다녔는데, 마침 우리 아주망을 찾을 수 있었어. 내가 처음 발견했지.

우리 아주망은 학교 근처 밭, 산담 외벽 구석에서 아기 포대기로 사용했을 국방색 담요에 몸이 핑핑 감겨서 죽어 있었어. 얼굴 옆쪽은 총으로 깎아지고, 머리카락은 범벅지고 범벅지고.

그 담요를 얼마나 세게 무꺼신디 클를 수가 엇어. 그래서 ᄀ새
묶었는지 풀 수가 없어 가위
가지고 와서 그 담요 잘라서 시신 빼내고 해서 묻었지

그 남편은 산에서 죽으니까 지금도 신체 못 찾고. 행방불명.
아기 아버지: 둘째 할아버지의 손자

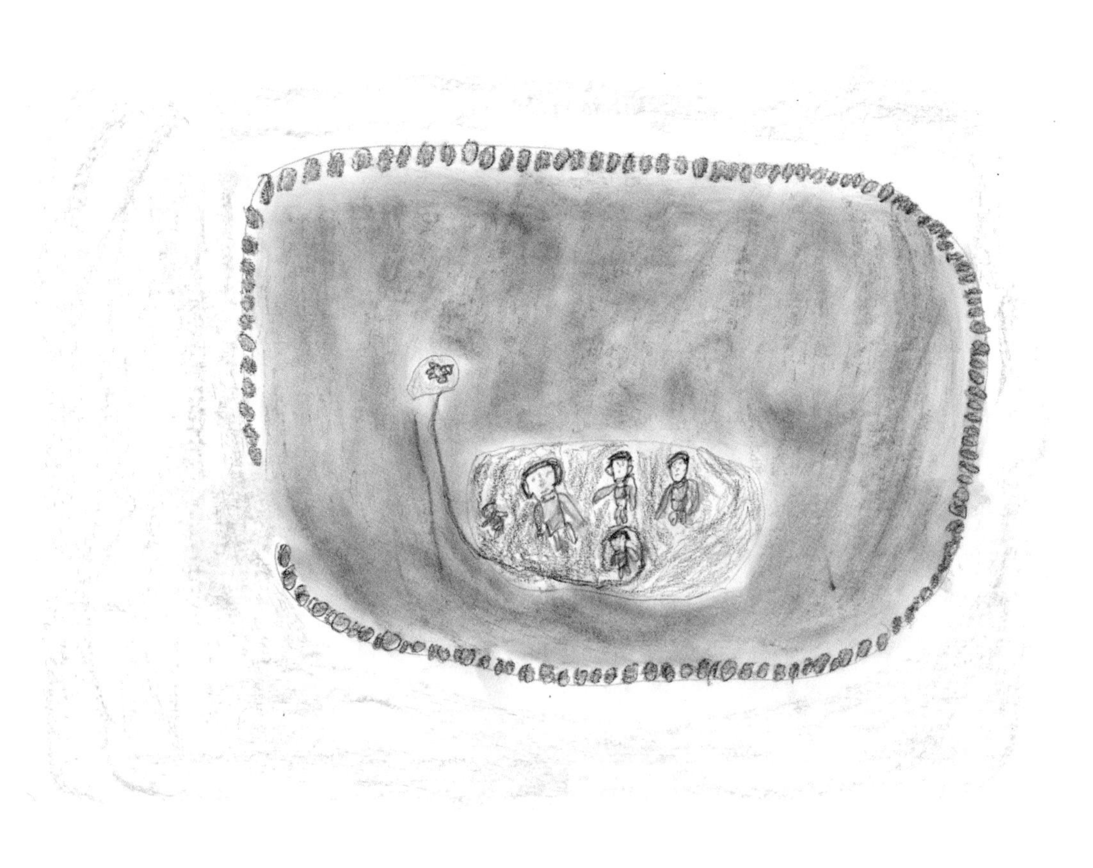

소낭밧 빌레에서 친족들이 희생되다

44.0×31.0cm | 종이에 4B연필, 오일파스텔, 사인펜, 파스텔 | 2019. 5.

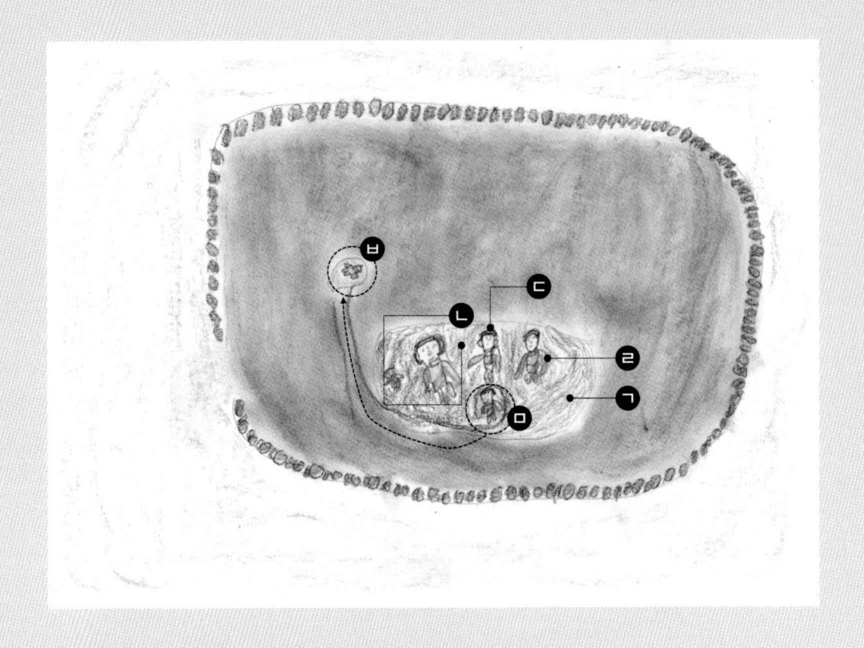

ㄱ. 빌레
ㄴ. 둘째 할아버지 손자의 아내와 아기(딸, 당시 2살 정도)
ㄷ. 큰할아버지의 며느리
ㄹ. 큰할아버지 며느리의 아들(당시 10대 후반~20대)
ㅁ. 큰할아버지 며느리의 아들(당시 6~8세 정도)
ㅂ. 큰할아버지 며느리의 아들 무덤
◎ 동그라미 속 인물(ㅁ, ㅂ)은 동일인이다. 이영자는 다음과 같이 말한다.
"이 남자아이 무덤(ㅂ)은 우리 아버지하고 내가 묻은 거야. 지금 옴팡밧에 있는 아이 무덤"

당팟, 친족들의 희생

당팟에 가서 셋할아버지, 셋할머니 덕석을 열어보니 벌레가 와글와글. 덕석을 안 덮은 영장은 소닥소닥해서 어떵 안 허고. 덕석 덮은 곳은 따뜻하니까 벌레가 눈, 코, 입에. 벌레 건드려 가민 우물우물우물.

동네 어른이 덕석을 자기 가족 시신에 덮으면서 우리 셋할아버지, 셋할머니도 덮어 버린 거야. 그러니 어떵 헐 거라. 그 벌레들 있는 채로 묻을 수 없지. 아버지, 나, 어머니하고 조짚으로 벌레들 걷어내고. 시신에서 벌레들 홈파 내느라 냄새가 나는지 마는지. 추잡하다는 생각도 안 들고. '이 일은 해야 한다'는 생각만.

어떨 때는 벌레를 덩어리로 홈파 내고. 하여튼 고냥에 믄딱 벌레
구멍 모두
들. 그냥 속으로만 애가 탔지. 속으로만. 게난 이런 말을 누구신디
누구에게
말해. 일하다가 우리 어멍 왜 나를 낳아서 이런 고생시킵니까 하면
어머니
서 그저 소리만 할 뿐.

우리는 함덕에 가 있으니까 할아버지 형제 가족들이 죽은 줄을

몰랐어. 멸족 해분 것을 모른 거라. 친족들 시신 묻는 일은 한 사흘은 했을 거야. 함덕에서 잠자고 다음 날 북촌에 가서 시신들 묻고. 아버지, 어머니, 나, 작은어머니, 큰고모와 함께 돌아가신 친족 8명을 토롱했어.

우리 할아버지 형제는 아들 넷, 딸 넷. 우리 할아버지가 아들 순으로 하면 세 번째. 우리 아버지 형제는 아들 둘, 딸 둘.

게난 우리가 4·3으로 얼마나 죽었던가! 우리 할아버지, 셋할아버지 가족 6명, 큰할아버지의 며느리하고 그 며느리의 아들 2명. 작은아버지, 우리아버지는 다리에 총 맞고 몇 년 살다 돌아가셨으니까 아버지 쪽으로 모두 12명이 희생되었어.

성복제

함덕에 살 때 성담 밖에 나가는 날이 있었어. 그때 나하고 어머니하고 증명 받고 와산리에 가서 나록들 널어 놓은 거 어멍도 짊어
벼
정 오고, 나도 짊어정 오고.

그거 쳇망으로 훑텅 ᄆᆞᆯ ᄀᆞ레에 갈앙, 돌아가신 아홉분 성복제 해
채 망으로 훑어서 연자매에 갈아서
드리고.

곤떡도 허고, 송펜도 허고, 침떡도 허고, 고기도 해다가 국 끓여
흰떡 송편 시루떡
서 성복해서 먹었어.

순경들이 머물던 곳

함덕에 살면서 북촌에 와서 차차차차 집을 지었어. 흙방 하나에 정지. 집이 다 되니까 그때는 북촌에 와서 살고.

우리 집 바로 앞에 지서가 있었어. 마을 젊은 여자들이 2명씩 당번해서 지서에 주둔하는 순경들 밥해주고, 순경들 잠자는 구들에 불 지펴주고. 순경 각시도 있었지만 우리가 가서 다 일하고.

그때는 도라무깡(드럼통) 난로. 위로는 연기 솟게 하고. 순경들이 그 난롯가에 앉기도 하고. 제주 말씨를 쓰는 순경 몇 사람 있었지만 육지 순경들이 더 많았어. (육지 순경이) 열 명까지는 안 되고.

그림에서 난로에 손 쬐는 사람들은 성담 보초 서는 민보단. 골메들이멍(갈마들이면서) 보초 서고. 난로에서 감저(고구마)들 구워 먹고.

이때는 고문을 안 했지. 첫 번 고문 시작할 때가 (지서에) 군인들 올 때. 마을 사람들 심어다가 고문하기 시작했어. 신작로 방향으로 우리 집 앞쪽하고 붙은 곳이 지서니까 화장실 갈 때 고문 받는 소리가 들려. 막 외치는 소리가.

지서 내부

35.2×25.5cm | 종이에 4B연필 | 2018. 12.

순경 각시도 이디 왕 살안 두갓이
여기 와서 살았어 부부가
순경들은 한 방에 두 명도 자고 한 명도 자고

우리가 밥해주고

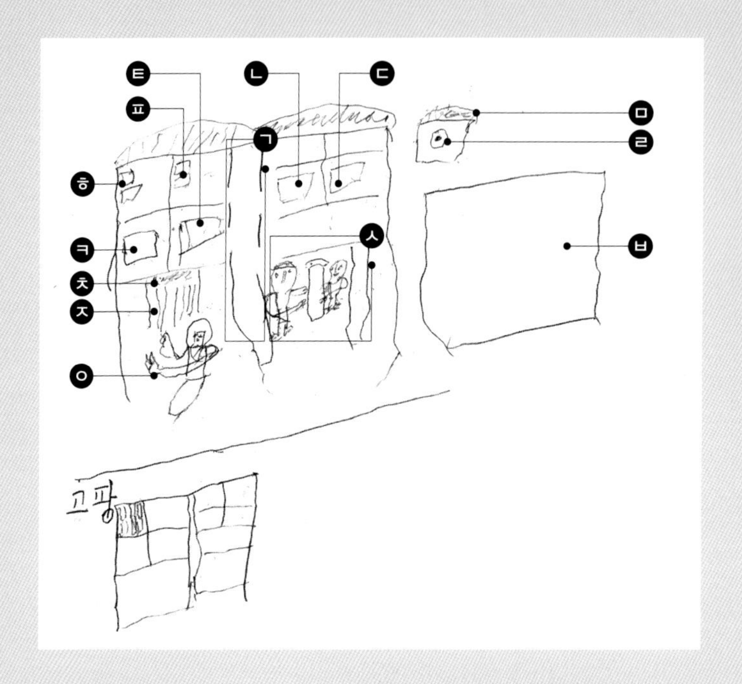

ㄱ. 복도
ㄴ, ㄷ. 펼쳐 있는 이불
ㄹ. 장작불
ㅁ. 보초막
ㅂ. 이영자의 집
ㅅ. 드럼통 난로에 손을 쬐고 있는 민보단
ㅇ. 구들에 불을 지피는 마을 여성
ㅈ. 장작
ㅊ. 불
ㅋ, ㅌ. 펼쳐 있는 이불
ㅍ, ㅎ. 개어 놓은 이불

훈련

나무총은 한청단(대한청년단)에서 나눠 주고. 함덕에서 훈련받을 때는 함덕 여자들하고 같이 받고. 머리는 단발머리, 뒤로 묶은 머리, 땋은 머리들 하고.

복장은 광목에 검은색 물들인 일 바지. 위에는 옷고름이나 돌메기(매듭을 이용한 단추) 달린 저고리 입고. 돌메기는 해녀 속곳에 달기도 했지. 우리 큰고모, 작은고모한테 돌메기 부탁하면 많이 만들어 줬어.

북촌에서 훈련받을 때는 지서 앞에서 받았는데, 아척에(아침에) 훈련으로 가름 돌고 했지. 현재 몇 명, 결석 몇 명, 인원 보고하고.

함덕리에서의 훈련

44.0×31.0cm | 종이에 4B연필, 오일파스텔, 색연필, 파스텔 | 2019. 6.

함덕에서 나무총 들고 훈련받을 때

우향우 하면 나무총 탁! 놓고

군인들 훈련받듯이

ㄱ. 나무총
ㄴ. 단장

제3부

제주4·3 이후

소리를 좋아하는 소

내가 소 그림을 못 그릴 거라고 생각했는데, 잘 그려졌네(하하). 이 소는 어미 소. 큰 소. 소도 처음에 일 시킬 때는 막 힘들어. 막 들러켜. 난리 퉤싸지지. 소도 사람 말 알아듣는 거 같아.

소한테 노래 안 불러주면 소가 눈을 딱 감아버려. 소치는 노래 불러주면 눈도 팔롱팔롱 뜨고, 귀도 탁탁 두들기멍 꼬물락 꼬물락 허고, 걸음도 뚜박뚜박 걷고. 꼴랑지도 훼에얼 훼에얼 움직이고. 거 이상허여. 노래 안 부르면 다리가 늘싹 늘싹 거려.

아버지는 나한테 소리 안 한다고 뭐라 하시고. 소 몰면 나하고 아버지가 골메들이멍 노래를 불러. 노래 안 하면 소가 걷질 안 허니까.

이 그림 속 소가 우리 밭 갈고 다 했지. 이 소는 우리 가족이 함덕에서 북촌리에 온 후 겨우 샀어. 밭 갈려고. 이 소는 큰 소, 오래 살았어. 새끼도 낳고 하면서.

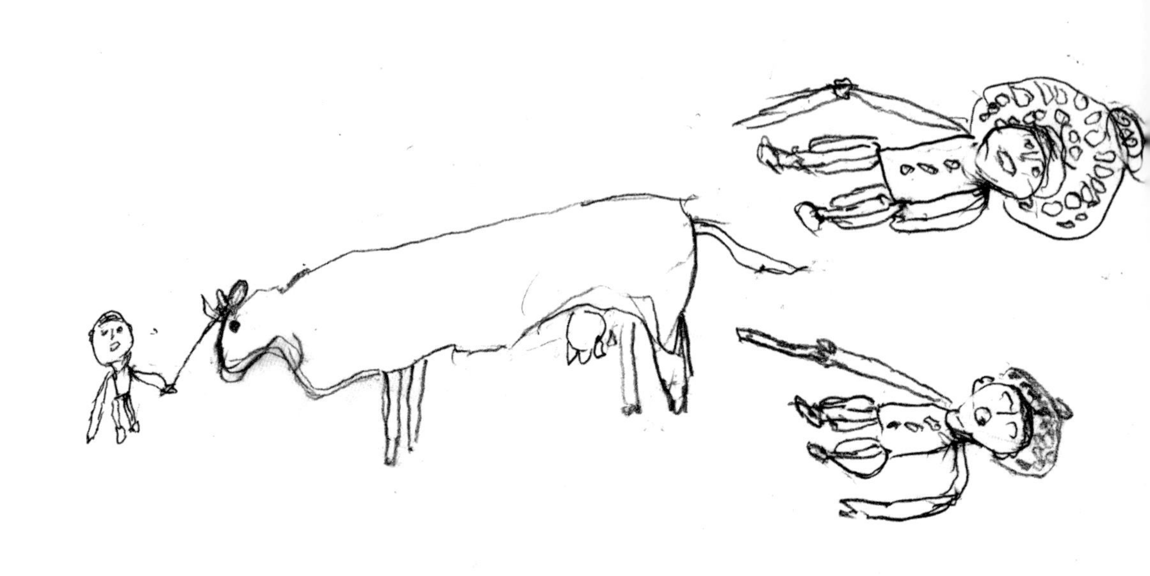

소리를 좋아하는 소

44.0×31.0cm | 종이에 4B연필 | 2019. 7.

아버지께 들은 말이 있어

소도 아껴야 새끼도 훌륭하게 낳는다고

ㄱ. 이영자
ㄴ. 패랭이 모자 쓴 아버지
ㄷ. 어머니

작은아버지와
아버지가 돌아가시다

아버지는 총을 맞아도 가족들, 친족들 영장을 다 했어. 아버지가 역할을 다 허난. 아버지는 마음이 강했어. 남의 집안일, 마을 소상일, 영장 일도 봐주고.

함덕에서 지낼 때 작은아버지는 나사로 병원에서 수술을 2번 해도 안 뒈언. 작은아버지는 총상 후유증으로 절뚝절뚝하면서 마을 이장 일을 한 4년쯤 했을 거야. 그런데 갑자기 돌아가셔 버리니까 우리 아버지는 하나 있는 (남)동생 죽었다며 화가 올라 완. 화병. 목 위로 돌이 올라오고, 올라오고. 의사가 진통제를 놔주었어. 그 주사 맞으면 내려가니까. 진통제를 하루에 몇 번을 맞았는지 몰라. 치료하려고 밭도 하나 팔고.

의사가 안 오면 우리가 진통제 주사를 사다가 놨어. 엉덩이 주사. 그렇게 하루하루 살다가 돌아가셨어. 작은아버지 떠나고 몇 년 후에.

(이영자의 작은아버지는 다리 부상에 의한 신체적 후유증으로 1950년대 중후반에, 아버지는 남동생을 떠나보낸 슬픔에 화병이 나 정신적 후유증으로 1960년대 초반에 각각 숨을 거두었다.)

다려도

뒷모습이라서 눈은 안 그리고, 머리에 수건 쓰고 테왁 심어서 헤엄쳐가는 거. 다려도로. 물질 그만둘 때까지 다려도에 하루에 한 번씩 갔지.

해녀들이 물속에서 테왁 짚어서 줄줄이 헤엄쳐 가고 오고 할 때는 앞에서 소리하고 뒤에서 소리하고(해녀노래 부름: 이어도사나, 이어도사나 저 산천엔 해년마다 파릇파릇했건만 … 높은 낭에 열매로다 이어싸 이어싸). 힘들 때 노래가 나오는 거야. 헤엄치면서 열 명, 스무 명이 같이 이 노래를 불러.

다려도에 헤엄쳐서 가고 오고 하는 것이 막 힘들어. 물이 쎄어. 바닷물이 들 때는 다려도가 물에 잠겨서 섬들이 안 보이는데, 물이 나가면 섬들이 도렷도렷 보여. 어느 정도 물이 들 때는 가운데 섬만 보이고.

바당 속에서 숨 안 쉬고, 미역 채취하고 소라 주워서 올라오젠 허민 숨이 톡톡 그차질 때가 있어. 그러면 테왁 짚어서 호이 호이 하면서 숨을 쉬어야.

끊어질 때

다려도로 향하는 해녀들

44.0×31.0cm | 종이에 4B연필, 오일파스텔, 파스텔, 크레용 | 2019. 10.

ㄱ. 다려도
ㄴ. 테왁
ㄷ. 이영자

미역 채취

아버지가 테우에서 노 저으면 나하고 어머니는 미역 캐서 테우에 타고. 물 건너가려면 아버지가 땀이 나게 노를 저어. 이어싸 이어싸 막 저어.

난 아기 낳고 스무날만에 미역을 캤어. 옛날에는 물질 안 하면 못 살아. 하루 낮이면 서너네 번 가. 밥 먹은 후에는 미역을 널어야 해. 이녁 집 마당에 다 못 널면 테역밧디 강 널고. 달 있는 새벽 4시
잔디밭에 가서
에 일어나서 미역 널고.

새벽에 일어나서 미역 널젠 허민 손이 너무 시려. 지금은 장갑이라도 있지만 옛날에는 장갑이 어디 있어. 맨손에 미역 널고 걷고. 그 미역 줆어지고 놔두고서 물질을 나가.

그때는 발아래 소라가 두글락 두글락해도 미역 값이 좋으니까 미역 한 낭이라도 팔려고 미역만. 미역을 뒷거래로는 못 팔게 해. 수협으로만 바치라고. 미역 팔아서 그해에 살아가.

미역은 저승풀

미역은 저승풀이라고 해. 저승풀. 미역 채취하다가 숨 막히면 죽을 수도 있으니 욕심부리지 말고 숨 있을 때 올라와야 해. 그게 제일 위험한 거.

난 물속에 들어갈 때 허리에 연철을 하영 차면 화르륵허게 빨리 들어가는데 올라오젠 허민 힘에 부쳐. 오리발을 안 신으니까. 오리발을 신으면 답답하고 그걸 신으면 힘에 부쳐서 자유롭게 헤엄치질 못해.

배 있는 곳으로 갈려고 하면 빨리 가지도 못하고. 오리발 안 신을 때가 훨훨훨 자유롭고. 그러니 연철을 하영 차지 말아야 해. 내가 허리에 7Kg 차서 물질을 했어. 7Kg.

숨이 남아 있을 때는 물속에 소라가 보여도 그거 바라보지 말고 이녁 할 것만 하고 물 위로 올라와야 해. 욕심부리면 숨 먹고 죽을 수 있어. 물아래 가면 절대 욕심부리지 말아야 해. 그걸 알고 물질해야 해.

생업

44.0×31.0cm | 종이에 4B연필, 오일파스텔, 사인펜, 파스텔, 크레용 | 2019. 4.

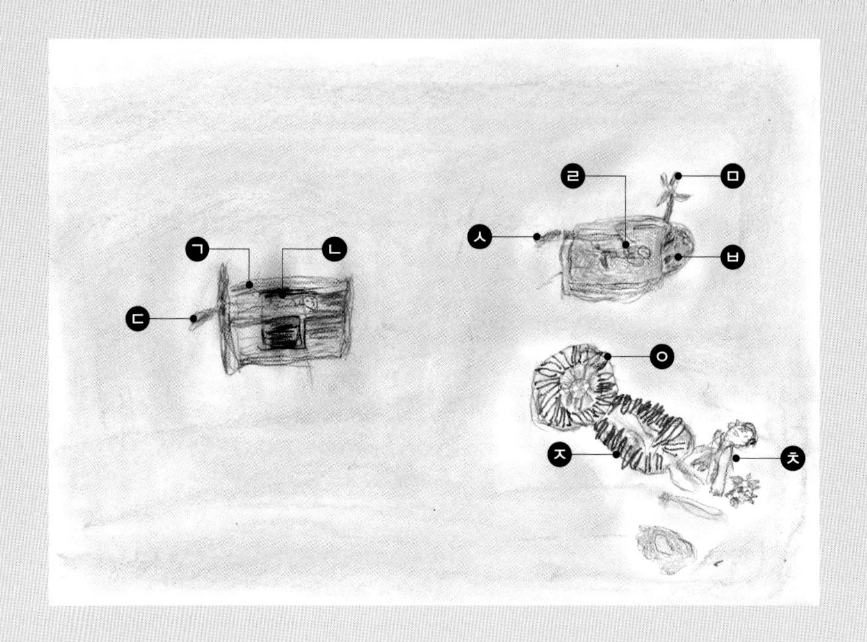

ㄱ. 삼나무로 만든 테우
ㄴ. 노 젓는 아버지
ㄷ. 노
ㄹ. 노 젓는 남편
ㅁ. 닻
ㅂ. 밧줄
ㅅ. 노
ㅇ. 테왁
ㅈ. 망사리
ㅊ. 소라, 전복, 미역, 미역귀 등을 망사리에서 꺼내고 있는 이영자

불턱

눈 안 오고 바람만 안 불면 바다에 나가. 이 그림은 서른네다섯 살쯤 되었을 때. 속곳만 입언. 고무옷 안 입고 머리엔 수건 뒤로 묶고.

속곳을 여러 개 가지고 온 사람은 마른 옷 입고 물에 들어가는데, 여분의 속곳을 한두 개만 가지고 온 사람은 젖은 옷 입고 달달달달 떨면서 물에 들어 가.

속곳 바람에 물질하고 불턱에서 불 쬐면 허벅지가 벌겋게 꽃 피엉은에. 해녀가 많으면 한쪽 다리만 내놔서 불 쬐고. 불 쬘 장작은 이녁이 집에서 가져오고. 거기서 소라들 구워서 먹고. 그러다가 낭불 떨어지면 집에 오고.

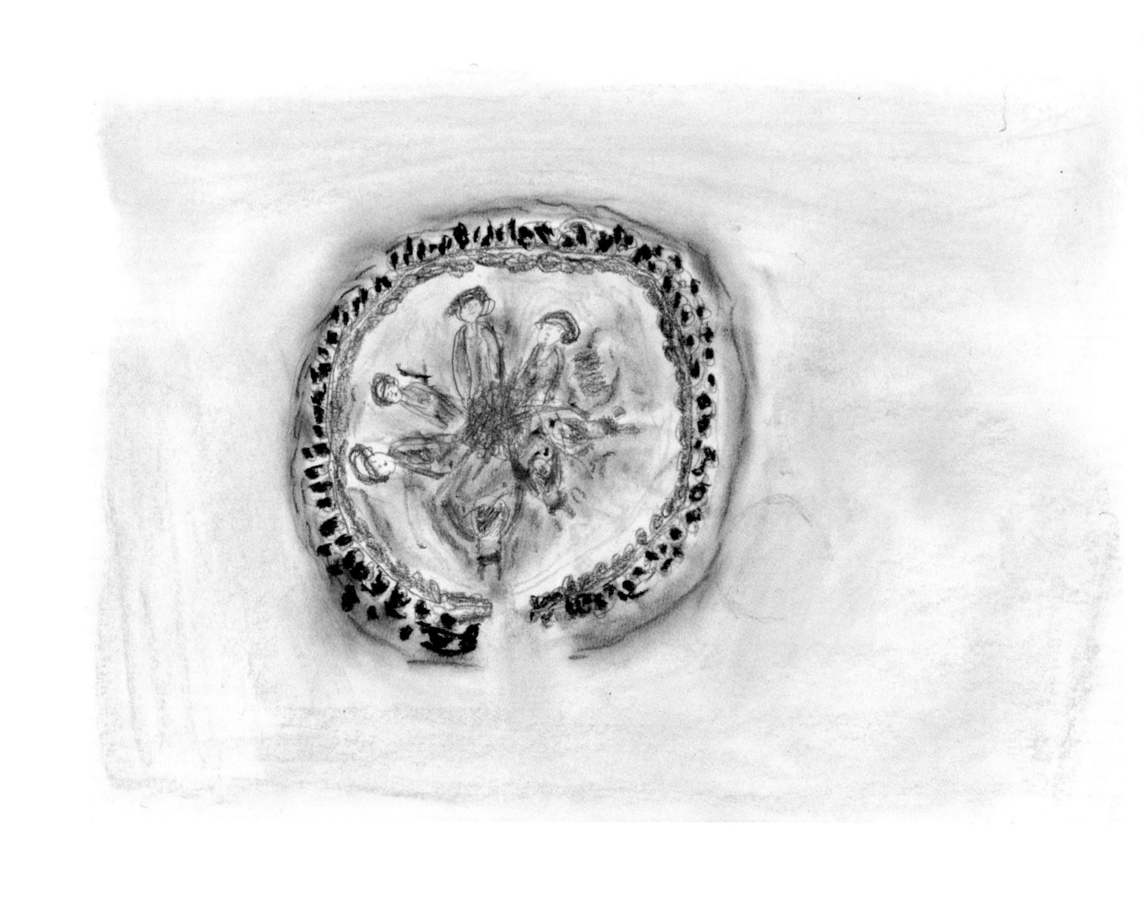

불턱

44.0×31.0cm | 종이에 4B연필, 오일파스텔, 파스텔, 크레용, 콩테 | 2019. 4.

해녀들 앉는 곳 검은 돌 불턱
장작에 불 피울 때는 불씨가 날려

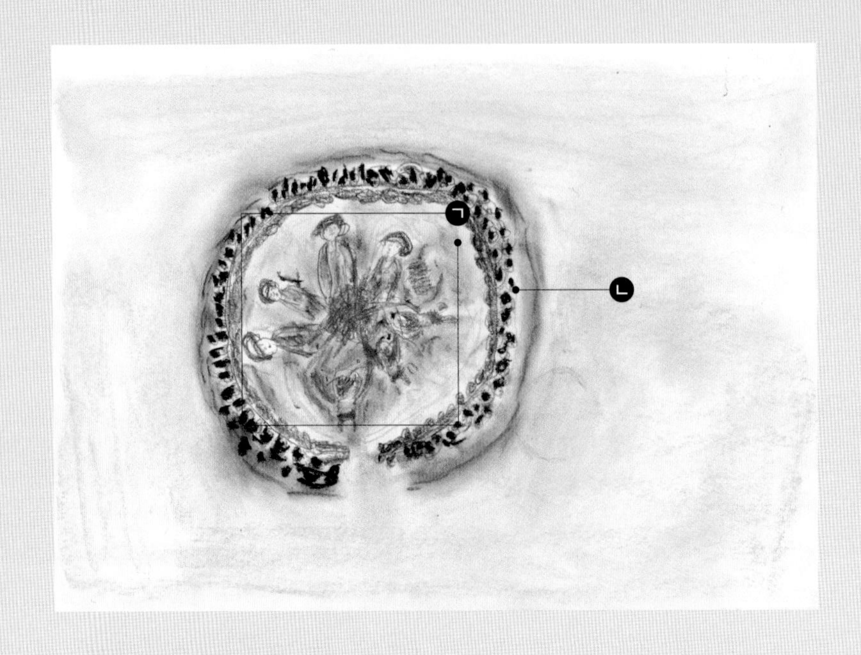

ㄱ. 불턱에서 불 쬐는 해녀들
ㄴ. 돌담

제4부

현재

그림과 만나다

이 그림은 우리 마당 꽃밭에 새들이 날아와서 나무 열매 쪼아 먹는 모습을 생각해서 그린 거야. 나비는 꽃밭에 앉아 있는 것을 봤었으니까 그린 거고. 꽃 생각을 해 가민 기뻐. 내 마음이 아름답고 고와 붸여. 살당보민(살다보면) 화날 일이 많지. 게민(그러면) 꽃 생각해 가민 모든 걸 잊어버려져. 내가 일에 버쳐서 꽃을 좋아하지 안 헴주, 마음으로는 꽃을 좋아해져.

요즘 테레비에서 화가들이 그림 그리는 거 나오면 내가 항상 봐. 한국사람 화가. 전에는 안 봤는데, 내가 그림을 그리고 있으니까 집중해서 봐져. 누워둠서 손가락으로 그림 그려보기도 하고. 아, 저건 저렇게 그리면 되는 거구나 하면서. 마음에, 머리에 놔져. 그림을 안 그릴 때는 생각도 안 했지. 그러니 무엇이든지 마음에서 일어나야 해지는 거.

우리 집 마당

25.5×35.2cm | 종이에 4B연필, 오일파스텔, 파스텔 | 2020. 1.

우리 마당 꽃밭에 새들이 날아와서

나무 열매 쪼아 먹는 모습을 생각해서 그린 거야

ㄱ. 나비
ㄴ. 새
ㄷ. 장미나무
ㄹ. 채송화

심리적 시원함

4·3에 겪었던 일을 자세하게 이야기해 본 적이 없는데 이렇게 말하니까 마음이 시원해. 내가 본 대로, 내가 경험한 대로 그리니까 그릴 수 있는 거.

여든 넘은 할망이(할머니), 초등학교도 졸업 못한 할망이, 연필 잡고서 그림을 그리니 내 속으로 아! 내가 대단하구나 하는 그런 마음이 들어. 젊었으면 그림 그리고 싶다 하는 생각이.

장미꽃

장미꽃

31.0×44.0cm | 종이에 4B연필, 오일파스텔 | 2020. 1.

내 마음은 꽃 좋아해져

늙어도 국화꽃은 싫어해져

국화꽃은 죽어서 맡게 되는 거고

젊을 때처럼 장미꽃을 좋아해져

빨간 장미가 좋아

김유경 살아오시면서 어려운 고비가 언제였습니까?

이영자 제일 고비여 헌 것이 일제강점기 공출, 제주4·3, 6·25사변. 우리 세대가 아주 고생했어.

도움받은 자료

북촌교 60년사(2003). 북촌초등학교총동창회.

제주4·3사건진상조사보고서(2003). 제주4·3사건진상규명및희생자명예회복위원회.

제주4·3사건추가진상조사보고서 I (2019). 제주4·3평화재단.